HÉSIODE ÉDITIONS

LOUISE COLET

Deux mois au Pyrénées

Hésiode éditions

© Hésiode éditions.

1 rue Honoré - 93500 Pantin.
ISBN 978-2-38512-078-8
Dépôt légal : Octobre 2022

Impression Books on Demand GmbH

In de Tarpen 42
22848 Norderstedt, Allemagne

Deux mois au Pyrénées

Je partis dans les premiers jours du mois d'août (1858), et la vapeur me conduisit d'un trait de Paris à Bordeaux. À peine si dans cette course rapide mes yeux purent saluer en passant les tours de la cathédrale d'Orléans, le château de Blois, celui d'Amboise et la riche campagne de Touraine que baigne la Loire paresseuse dont le lit presque à sec étalait au soleil ses cailloux scintillants. C'était comme une antithèse de ce qu'est parfois ce fleuve aux formidables inondations. Je ne donnai qu'un regard rapide et charmé aux pittoresques remparts de Poitiers et aux terres si fertiles et si soigneusement cultivées qui entourent Angoulême ; la nuit vint lumineuse comme un crépuscule. La lune et les milliers d'étoiles répandirent leur blanche clarté. J'entrevis la large Garonne qui porte des vaisseaux ; nous étions arrivés à Bordeaux, la belle cité aux lignes d'architecture grandioses. Je ne voulais visiter cette ville qu'au retour ; j'avais hâte d'arriver aux Pyrénées et d'y trouver un air pur pour ma poitrine embrasée.

Après une nuit de repos, je pris la route de Dax. Je rencontrai, à l'embarcadère du chemin fer qui conduit de Bordeaux à Dax, plusieurs littérateurs et plusieurs artistes des théâtres de Paris, qui, comme moi, allaient demander la santé aux diverses eaux des Pyrénées. On échangea quelques paroles d'espérance en se saluant ; puis, chacun se précipita pour prendre sa place dans les wagons.

De Bordeaux à Dax, ce sont presque toujours des landes, quelques-unes tout à fait nues, d'autres couvertes de bruyères roses d'un charmant effet. Çà et là, la route est bordée par de petits bois de pins d'où le vent soulève des bouffées de chaleur aromatisée. La cigale chante, les mouches bourdonnent, les abeilles frôlent les herbes et les fleurs ; c'est bien la campagne du Midi, sans cesse murmurante de quelque bruit vivant. Le ciel est de ce bel azur de lapis-lazuli qui double les profondeurs de l'éther.

À mesure qu'on approche de Dax, le sol devient sinueux : quelques tertres et quelques collines s'élèvent ; des cultures diverses y étalent leurs manteaux verts. L'Adour circule dans ces terres riantes ; nous voilà dans la petite ville de Dax, entourée de remparts. Je monte dans le coupé de la malle-poste, qui va de Dax à Pau, où ma place a été retenue à l'avance. Nous traversons les étroites rues de Dax à toute vitesse. Rien de fringant et de courageux comme les six petits chevaux basques qui nous entraînent en agitant leurs grelots. Après une longue route en chemin de fer, on est heureux de voyager ainsi à l'espagnole et en voyant devant soi se dérouler la campagne, qu'on n'aperçoit jamais qu'en profil à travers les vitres d'un wagon.

L'intérieur de Dax est d'une tristesse accablante : les rues étroites, sales et aux maisons lézardées ; les commères de chaque quartier, toujours sur leur porte, causant bruyamment, mettant leur linge à sécher ou le raccommodant, ou gourmandant les enfants qui jouent et crient ; les devantures de petites boutiques étalant des loques mouillées, des fruits gâtés ou des viandes puantes ; enfin une petite ville du Midi que le commerce n'enrichit et n'anime pas.

Qu'on s'imagine une jeune fille de quinze ans, belle, élégante, ayant, par ses lectures, plus que par sentiment, des aspirations vaguement poétiques ; les habitudes de la vie parisienne ; une grand'mère princesse qui avait dû sa fortune à sa beauté, avait possédé un palais à Paris et en habitait un à Bruxelles ; cette jeune fille, sachant la destinée éblouissante de cette aïeule qui finissait désormais dans les honneurs une vie d'aventures sans nombre ; cette jeune fille s'entendant dire qu'elle ressemblait à cette grand'mère dont elle avait les yeux noirs et profonds et l'ardeur de son sang espagnol ; qu'on se figure cette pauvre et belle enfant, condamnée à vivre dans cette morne petite ville dont je viens de parler. Son père sans fortune y occupe un emploi. Il faut recevoir les bourgeoises de la ville et écouter leurs sottises.

Pour se distraire elle écrit à ses amies de Paris ; elle me confie le marasme qui la gagne, elle rêve et pleure sur les bords de l'Adour, et s'essaie à faire des vers sur les histoires d'amour que la tradition a perpétuées dans le pays ; elle chante Couramé qu'un jour le fleuve au nom sonore a entraîné dans son cours. Comme l'amant désespéré de la légende, elle voudrait se précipiter dans ces eaux tantôt calmes et tantôt fougueuses où elle se mire. Mais en se contemplant elle est frappée de sa beauté ! Avec cette carnation et cette puissance du regard, le suicide est un anachronisme. Elle m'écrit un jour, non plus des plaintes vagues et rimées, mais sa décision très-nette et inébranlable de venir à Paris ; elle s'abritera comme sous-maîtresse dans une pension, et de là, tentera l'imprévu. Quel horizon merveilleux ! Le monde des splendeurs l'attend et va s'ouvrir pour elle ! Je m'efforce en vain de lui faire comprendre que le règne ordonné de Louis-Philippe ne ressemble pas au temps du Directoire, de lui répéter qu'une femme doit savoir attendre et ne rien provoquer !... Attendre quoi ? me répondait-elle, attendre de voir passer quelque gendarme sur la grande route de Dax ?...

J'avoue qu'en traversant cette ville si triste je comprenais presque l'espèce de fièvre délirante qui précipita vers sa destinée cette âme agitée. Pauvre Félicie ! comme sa vie fut haletante et courte dans ce Paris sans entrailles qui hume et broie pour ses plaisirs et pour sa gloire tant d'intelligences et tant de corps humains ! À quoi bon la suivre et la montrer tantôt éblouie et tantôt désespérée durant cette course dévorante, dont le terme fut un grabat à Londres, non loin du palais d'un de ces lords qu'elle avait rêvé pour mari ! Comme Marguerite dans la nuit du Valpurgis, il me semblait la voir apparaître un petit enfant mort dans ses bras !

Tandis que je songeais ainsi d'elle, la malle-poste roulait au galop rapide de ses six chevaux retentissants.

Nous avions dépassé Dax et son petit château-fort, nous franchissions une belle route bordée de platanes centenaires et où de jeunes mendiants nous demandaient l'aumône en nous tendant leur béret troué. Sur un tertre, les murs et la croix du cimetière s'élevaient au-dessus des habitations. Ainsi la mort domine la vie. Tout à coup un craquement aigu se fit entendre. Les chevaux s'arrêtèrent court, refrénés par la main robuste du postillon ; un ressort de la voiture s'était brisé ! Nous nous trouvions juste en face du cimetière.

– C'est d'un mauvais augure ! s'écria un voyageur.

Mais la campagne était riante, le soleil poudroyait, les petits mendiants gambadaient sur la route et recommençaient à tendre la main ; le conducteur jura énergiquement et nous engagea à prendre patience, tandis qu'il allait chercher une autre voiture.

Une vieille femme édentée, au chef branlant couvert de cheveux gris, filait sa quenouille sur la porte d'une pauvre chaumière. Elle se leva, secoua ses haillons, et s'approchant de nous, comme craintive de son indigence, nous offrit de nous reposer et de nous rafraîchir dans sa maison. Nous entrâmes ; il y avait là trois chaises, une panetière et un misérable lit ; c'est le lit où l'on naît, où l'on grandit, où l'on se marie, où l'on meurt. La vieille rinça quelques verres ébréchés et nous présenta de l'eau fraîche et du lait fumant qu'elle venait de traire à une vache paissant dans un pré à côté. Elle prit ensuite dans une sorte de bahut rustique une serviette écrue, et, avec un air de soumission douce et servile, elle secoua la couche de poussière qui couvrait nos vêtements ; cependant on déchargea la voiture brisée, on joncha le chemin des malles et des immenses caisses où les femmes renferment leurs fragiles chapeaux et leurs robes sphériques. Aux rudes secousses que recevaient ces fraîches toilettes, plusieurs s'épouvantaient.

Je m'éloignai du groupe des voyageurs et j'allai visiter le cimetière. C'est un spacieux carré long divisé par une allée de hauts et robustes cyprès qu'engraissent les restes des morts. Il y a là plusieurs tombes avec des inscriptions simples et vraiment senties. Que n'y ai-je trouvé celle de Félicie ! Que ne s'est-elle endormie sous un de ces vieux cyprès ! Elle y eût été mieux que dans la fosse perdue et oubliée d'une grande ville. Je lui donnai un souvenir ému, et j'errai quelque temps au milieu des ossements qui çà et là jonchent le sol.

Je m'étais débarrassée de la gardienne du cimetière qui voulait m'expliquer les tombeaux ; je la retrouvai dans le petit domaine qu'elle s'est adjugé dans l'enceinte même ; elle étend son linge sur les cyprès funéraires et élève des bandes de canards qui vont butinant autour des fosses. Cette grosse femme vit là presque joyeuse.

J'entendis la voix du conducteur qui faisait l'appel des voyageurs. La nouvelle voiture était rechargée ; chacun reprit sa place ; le conducteur fouetta bruyamment ses chevaux qui s'élancèrent avec une vélocité aérienne, comme l'hippogriffe de Roland.

La route se bordait de peupliers et des champs de maïs couvraient la campagne. Quelques paysannes coiffées de fichus à carreaux rouges et jaunes noués de côté, marchaient pieds nus sur le grand chemin en poussant des ânes lourdement chargés ; les hommes avec le béret basque bleu foncé ou marron conduisaient de petites charrettes couvertes d'un dôme en toile écrue et traînées par deux bœufs au frein desquels s'agitaient des branches de feuillage qui chassaient les mouches obstinées. Tout ce pauvre monde revenait de la foire d'Orthez où il s'était pourvu de quelques étoffes, ou de quelques ustensiles de ménage.

Orthez a un aspect très-pittoresque ; avant d'arriver, on voit une belle tour en ruine qui s'élève sur un tertre verdoyant. Nous traversâmes au galop des rues montueuses, puis une place encombrée de troupeaux de moutons et de porcs. C'est là qu'était la foire du bétail. Les cuisines de toutes les auberges flamboyaient ; on sentait une friande odeur de rôti qui faisait désirer une halte aux voyageurs affamés. Mais le conducteur fut inexorable ; la malle-poste était en retard, il fallait marcher sans prendre haleine.

Le crépuscule se répandit sur la campagne et la fit paraître plus vaste et plus tranquille ; nos six petits chevaux basques redoublèrent de feu et d'agilité à la fraîcheur de la nuit ; le tintement des grelots précipitait leur frénésie. On eût dit qu'ils disputaient l'espace à la rapidité d'une locomotive. Le paysage devenait magnifique ; c'étaient des côteaux boisés, de longues avenues, des parcs, des villas, des châteaux, parmi lesquels on nous désigna celui du baron Bernadotte, parent du roi de Suède. Nous franchîmes ensuite un carrefour célèbre planté de quelques vieux arbres qui entourent une croix. Ce lieu s'appelle la Croix-du-prince en souvenir de Louis XIII, qui, étant venu visiter la ville où était né son père, s'agenouilla là, au pied d'une croix de pierre.

Nous arrivâmes enfin au village de Jurançon servant de faubourg à Pau, et dont le vin est renommé. Les vignes s'étagent sur des coteaux jusque sur les bords du Gave, qui va se jeter dans l'Adour. L'Adour qui lui-même se jette dans la mer entre Bayonne et Biarritz, déroulait devant nous ses eaux limpides ; au-dessus, se groupait sur deux collines la jolie ville de Pau, riante capitale de l'ancien Béarn. Le château d'Henri IV la domine, et à cette heure de crépuscule, on croirait voir debout sur les remparts l'ombre du grand roi. Nous passons le Gave sur un beau pont monumental.

Les chevaux redoublent d'ardeur, le postillon de claquements de fouet ; enfin, la malle-poste s'arrête sur la place Grammont où les maisons en arcades rappellent en diminutif celles de la rue de Rivoli. La nuit est venue ; il faut remettre au lendemain la visite du château. Le sommeil n'est pas long dans ces auberges du Midi, où le cri des animaux, le bruit des portes qu'on ouvre et qu'on ferme et l'accent aigu des domestiques éclatent sans ménagement.

Heureusement que la journée du lendemain s'annonça radieuse et me pennit de fuir ce vacarme tracassier et d'aller prendre un bain d'air matinal dans la sérénité de la campagne.

Je laissai à ma gauche le petit château d'Henri iv, palais des anciens comtes de Béarn, si merveilleusement conservé. Il est juché sur une plate-forme entourée de terrasses et de quinconces qu'abritent de vieux platanes. Je traverse un pont jeté sur les fossés du château, et me voilà dans le parc, qui étend le long du Gave ses allées montueuses d'ormes et de hêtres gigantesques. Les troncs de ces beaux arbres ont une immense circonférence qui me rappelle ceux du bois de la Sainte-Beaume. C'est la végétation puissante du Midi. Dans le Nord, les arbres étiolés poussent toujours en hauteur comme pour chercher le soleil.

Quand je suis parvenue à l'allée supérieure du parc, un des plus beaux panoramas du monde se déroule devant moi ; l'immense chaîne des Pyrénées (que domine comme un géant le pic du Midi), borne l'horizon et se gradue jusqu'au Gave en collines et en vallées fertiles. Au loin, à ma gauche, voici les montagnes de Bagnères-de-Bigorre et de Lourdes ; plus près, le pic du Midi de Bigorre ; puis, dans un pli de ces monts accidentés, la ville d'Argelès.

Viennent ensuite successivement les montagnes de Barèges, de Luz, de Saint-Sauveur et de Cauterets ; la chaîne se continue : voici les hauts rochers qui entourent la vallée d'Azun et ceux qui circonscrivent la vallée de Lonzon. Ce sont ensuite successivement les pics de Gabisos, celui de Ger et le pic du Midi de Pau en forme de pyramide. À leur pied et dans leurs anfractuosités s'étendent les vallées de Gabas et d'Ossau, puis viennent les monts Escarpu, et enfin jusqu'aux dernières limites de l'horizon, à ma droite, les montagnes de la vallée d'Aspe, de la vallée de Monléon et les montagnes de l'Aragon.

Qu'on se figure sur le versant de cette chaîne immense les Gaves bondissants, les bois, les villages et les vertes cultures se groupant pittoresquement aux flancs des roches ; çà et là quelque vieux château et quelque belle usine moderne, et, comme couronnement de ce tableau, les pics les plus élevés des Pyrénées se dressant gris et bleuâtres au-dessus des montagnes vertes, et confondant, avec quelque blanc nuage, leur sommet couvert de neige ! Le ciel enfin, d'un azur vif et limpide, servant de fond à ce merveilleux ensemble, et le soleil y produisant des effets de lumière d'une beauté qu'aucun peintre ne saurait rendre !

Je restai là longtemps émerveillée en face de ce spectacle, le Gave décrivait à mes pieds ses sinuosités gracieuses ; ses eaux courantes semblaient jaser avec les cailloux et les fleurs du rivage. La nature doit avoir des voix qui se comprennent et se répondent. Un vieux pêcheur matinal, assis sur la rive, jetait ses hameçons dans l'eau et en retirait de petites truites qui sont exquises. Les poissons sortis violemment hors de leur élément se débattaient un instant ébahis, puis allaient s'entasser dans le panier d'osier posé à côté du placide vieillard.

Sur le pont qui relie Pau à Jurançon, un petit berger poussait son troupeau qu'il menait paître vers les montagnes. Les paysannes, pieds nus, venaient à la ville, des hameaux voisins, portant sur leur tête d'immenses paniers ronds en osier remplis de fruits et de légumes. Je renonçai à regret aux attrayants détails de cette scène champêtre, et redescendant les allées du parc, je remontai sur la terrasse du château, d'où la même vue que je viens de décrire s'étend sous les yeux charmés. Je fis le tour de ce donjon en miniature qui s'élève sur une plate-forme et qui est flanqué de quatre tourelles à toit pointu. Ainsi qu'une inscription l'atteste, ce château fut construit au quatorzième siècle par Gaston-Phébus, comte de Béarn, et il servit jusqu'au règne d'Henri IV, d'habitation à la cour béarnaise. C'est dans ces murs que Marguerite de Valois, sœur de François Ier et reine de Navarre, composa plusieurs de ses contes et de ses poésies. Clément Marot, attaché au service de cette princesse, écrivit là, aussi, quelques-uns de ses vers les plus passionnés.

Je pénétrai dans l'intérieur du château par une porte en ogive, et je me trouvai dans une vaste cour intérieure qui sépare les quatre ailes de l'édifice ; Chaque salle et chaque galerie mérite une visite attentive ; les sculptures, les boiseries, les tapisseries, les vieux meubles se marient à l'architecture de ce monument avec une harmonie parfaite. La chapelle a de fort beaux vitraux qui ne laissent pénétrer qu'un jour voilé et recueilli. On entre avec un tressaillement ému dans la chambre où naquit Henri IV ; on dirait que c'était hier que le royal et robuste enfant poussa là ses premiers vagissements et ses premiers cris.

Voici le lit où Jeanne d'Albret, fille de Marguerite de Valois (sœur de François Ier), sa mère, le mit au monde ; ce lit est encore couvert de la courtine de soie qui abrita l'accouchée. À côté, voici l'écaille de tortue où l'on déposa le nouveau-né après avoir frotté ses lèvres d'une gousse d'ail et lui avoir fait avaler un peu de vin de Jurançon. Dans la même chambre, comme une antithèse de cette naissance joyeuse, on a placé le lit mortuaire du Louvre, le lit où l'on déposa le cadavre sanglant du héros que Ravaillac frappa au cœur.

Abd-el-Kader, prisonnier de la France, a demeuré quelque temps dans ce palais d'Henri IV avant d'habiter le château d'Amboise.

On montre aussi à Pau la maison où Bernadotte vint au monde, ou plutôt deux maisons d'une même rue qui se disputent l'honneur d'avoir vu naître ce soldat heureux qui a fondé une dynastie en Suède.

À travers Pau, bâti sur une hauteur, on trouve çà et là de larges anfractuosités sur les versants desquelles s'étalent des arbres et des jardins. De petits ponts sont jetés d'une rive à l'autre sur ces courants de verdure. C'est d'un effet inouï ; quel contraste avec les villes planes de la Hollande ! Mais c'est surtout la campagne de Pau qu'il faut voir. Beaucoup d'Anglais résident à Pau ou dans les environs pendant l'hiver. Une riche insulaire, miss Fitz-Gérald, possède tout près de la ville le château de San-Miniato, dont les serres et les jardins nous ont rappelé ceux des belles villas de l'île de Whight, et où se trouve une galerie de tableaux révélant un goût rare d'artiste et de connaisseur.

Il est un autre pèlerinage pittoresque qu'il faut faire : Après avoir traversé le parc que j'ai décrit, à droite se trouve le petit village de Billères, où Henri IV fut mis en nourrice. La famille Lassansaa, qui descend de la nourrice du roi, habite là une maison bâtie sur l'emplacement de la maison primitive où poussa l'enfant royal. Cette riante maison s'élève au fond d'un jardin, au pied d'un petit coteau tout couvert de vignes.

On entre dans une chambre où se trouve le lit en bois sculpté qui fut donné par Jeanne d'Albret à la nourrice de son fils. À côté est le bâton dont, suivant la tradition, se servit le frère de lait d'Henri IV lorsqu'il alla lui faire visite à Paris, conduisant un âne qu'il avait chargé de provisions du pays pour les offrir en présent au bon roi. Cette légende est une des plus populaires et des plus aimées du peuple béarnais.

À gauche de la rive du Gave, s'élève sur une hauteur, le coquet château de Bizanos. De sa terrasse, la vue est des plus belles et des plus étendues ; on découvre successivement sur l'autre rive Pau s'étageant sur ses deux collines couronnées par le château de Henri IV, puis les grandes lignes de verdure du parc, et des deux côtés, jusqu'aux termes de l'horizon, des terres fertiles cultivées avec soin. Dans la même direction que Bizanos, mais plus loin de Pau et plus près de la chaîne des Pyrénées, est le château moderne de la Coarraze ; de l'ancien château du même nom où se passa l'enfance d'Henri IV, il ne reste plus qu'un portail et une tour.

Toujours sur les bords du Gave, de l'autre côté de Pau, est le couvent et l'église de Bétharram, bâtis au pied d'une haute montagne boisée. Le Gave coule en face du monument, les cîmes des arbres frissonnent sur son toit. Tout près sont des gorges profondes où se trouve la grotte la plus vaste et la plus curieuse des Pyrénées.

En face de Pau, dans un pli du paysage verdoyant, s'élève le blanc château de Gélos où Napoléon passa une nuit en 1808. Il décida qu'on ferait là un haras qui subsiste encore et d'où sortent tous ces élégants petits chevaux basques dont nous aurons occasion de reparler.

Mais il faut quitter Pau et s'arracher à l'attrait de ses merveilleux alentours. Au lieu de prendre la diligence, pour mieux me pénétrer de la douceur de la campagne, je monte un matin, vers midi, dans une de ces petites calèches champêtres tendues à l'intérieur de toile perse et que traînent deux chevaux rapides ; le cocher en veste courte, la tête couverte du béret basque, est un guide intelligent qui explore ces montagnes depuis son enfance et me promet une halte à chaque curiosité. Nous traversons le pont de pierre jeté sur le Gave ; nous repassons par le faubourg de Jurançon, et au sud de Pau, par delà les coteaux verts où les torrents bondissent, je distingue un pic au sommet neigeux. C'est le pic du Ger, il domine la gorge des Eaux-Bonnes et semble, comme la colonne des Hébreux, nous indiquer la route.

On franchit sans ennui et sans fatigue les onze lieues qui séparent Pau des Eaux-Bonnes. Comme ce clair ruisseau nommé le Néez qui borde la route et bondit en écume sur les rochers, on voudrait glisser et s'insinuer dans tous les replis de ces monts ombreux.

À peine s'est-on engagé dans le défilé des montagnes, qu'on est très-surpris de trouver à gauche, sur la rive du Néez, une inscription désignant une mosaïque romaine. Qui s'attendrait à rencontrer dans cette solitude un de ces merveilleux parquets où les couleurs des marbres et les contours du dessin se mariaient avec tant d'harmonie ! En quels lieux les Romains n'ont-ils pas pénétré ? Où n'ont-ils pas laissé des traces de leur puissance ou de leur splendeur ?

À mesure qu'on avance les montagnes deviennent plus élevées, et encaissent des vallées plus étendues et plus profondes. On traverse, en la prenant pour un village, la petite ville de Gan, qui fut pourtant une ville forte de l'ancien Béarn. Ses remparts et son prestige sont tombés. C'est près de Gan qu'est la grande marbrerie qui exploite une grande partie des carrières des Pyrénées. Je me demandais si les Romains avaient fait la mosaïque dont j'ai parlé avec ces marbres dont les habitants du pays composent eux-mêmes aujourd'hui des guéridons, en mosaïque et d'autres objets d'ornementation et de toilette.

Le cours accidenté du Néez continue à m'accompagner sur le côté gauche de la route et jusqu'à Rébénac. Ses eaux, aussi limpides que le ciel bleu qui s'y reflète, circulent en mille caprices charmants. Tantôt, elles coulent voilées par les branches touffues de vieux arbres ; tantôt, elles s'étalent en nappes lumineuses sur les roches étagées.

Au village de Rébénac, le Néez jaillit en cascade. On le traverse sur un pont ; à droite est le château de Bitaubé. On voudrait fixer ce coin de paysage par la photographie. À dater du pont de Rébénac, le Néez quitte le côté gauche de la route qu'il a suivie jusque-là ; on remonte son cours à droite, bientôt on touche à sa source ; elle est claire, étroite et profonde, et s'élance de terre du milieu d'un bouquet d'arbres.

De belles prairies d'un vert d'émeraude couvrent tout à coup les montagnes. Voici le village de Sévignac dont la vue s'étend sur toute la vallée d'Ossau. Cette vallée est une des plus vastes et des plus curieuses des Pyrénées ; elle est dominée par une chaîne de monts et de pics dont les zones successives ont un aspect vraiment saisissant : viennent d'abord sur les pentes douces les prairies et les cultures ; puis les bois s'élèvent, puis le roc nu, puis les sommets couverts de neige. Au fond du tableau et par-dessus toute la chaîne, comme un géant blanchi par le temps, se dresse le pic du Midi d'Ossau.

Je fais une halte pour contempler longtemps cette majestueuse vallée. Je remonte en voiture et je traverse le village d'Arudy ; sur le flanc d'une colline s'élève une belle tour gothique, reste de quelque château détruit ; plus loin, on rencontre un énorme bloc de granit grossièrement façonné et qui fut un monument druidique : tous les peuples semblent avoir laissé là leurs vestiges ; impuissants débris de ces peuples mêmes qui ne sont plus que poussière !

La voiture redescend rapidement le coteau où se groupe Sévignac, et j'aperçois le Gave du pic du Midi qui arrose et féconde la vallée d'Ossau.

Au village de Louvie, nouvelle halte ; pendant que les chevaux mangent l'avoine, je passe le pont jeté sur le Gave et je vais visiter l'église gothique qui s'harmonie si bien avec cette nature grandiose.

Je reprends la route des Eaux-Bonnes en côtoyant le Gave à gauche, et bientôt dans une solitude profonde j'aperçois, sur la rive opposée du torrent, deux mamelons de verdure d'un très-grand effet : sur le plateau du premier, s'élèvent une petite église et les murs d'un cimetière ; on distingue les croix des tombes. Les pierres, d'un ton gris, se détachent entre le bleu profond du ciel et le vert très-vif des montagnes. Du haut du second mamelon s'élance une tour carrée. Le hameau de Castex est niché entre les deux collines ; tout près sont les débris de la forteresse de Castel-Gélos qui, au xiie siècle, protégeait la vallée et était la résidence des petits souverains de ce petit État. Plus loin, à droite, est un joli village dont les maisons se dressent en amphithéâtre sur le versant d'une montagne toute couverte de terres à blé et de prairies ; ce qui charme et étonne dans les paysages des Pyrénées, c'est ce mélange d'un sol cultivé et d'une nature primitive.

Le bourg de Bielle que nous traversons bientôt, est le plus considérable de la vallée. C'est là que sont conservées les archives du pays. L'église gothique de Bielle est fort remarquable. Ses trois nefs sont soutenues par des colonnes en marbre d'Italie, débris d'un antique monument romain. Plusieurs mosaïques très-belles ont été découvertes près de Bielle. Après avoir dépassé Bielle, j'aperçois au flanc des plus hauts rochers de larges plaques blanches qu'on dirait des couches de neige : ce sont des carrières de marbre blanc. La route fait un coude : la voiture franchit le bourg de Laruns, où je reviendrai bientôt voir les danses nationales du pays. Là se termine la vallée d'Ossau ; les gorges qui s'en détachent ne font plus partie de cette célèbre vallée.

Au delà de Laruns nous passons sur un pont de marbre sous lequel bondit un torrent fougueux ; c'est encore le Gave du pic du Midi que je retrouve là plus profond et plus rapide, encaissé entre deux remparts de montagnes. La route escarpée taillée dans le roc, qui côtoie le torrent, conduit à la vallée des Eaux-Chaudes. Nous laissons à droite ce sombre passage, et la voiture monte la pente d'une gorge plus large et plus riante, qui se dessine au sud-est comme une immense avenue entre deux montagnes de verdure. Le Valentin court bruyamment au pied d'une de ces montagnes, et va se précipiter dans le gave des Eaux-Chaudes, pour former ensemble le large torrent de la vallée d'Ossau. À gauche, au-dessus du Valentin, au flanc de la montagne est suspendu le petit village d'Aas. La route monte toujours ; me voilà dans le vallon étroit et long des Eaux-Bonnes dont l'ouverture est formée par la route qui y conduit. On croirait entrer dans un corridor aux murs gigantesques.

Le mont Gourzy se dresse au couchant presque perpendiculaire, portant jusqu'au ciel les ombrages de ses vieux arbres. À l'Orient, du côté opposé (du côté du Valentin et du village d'Aas), ce n'est qu'une colline dont les plans gradués sont couverts de mamelons, de granges et de bouquets de verdure. Plus loin, toujours du même côté, la Montagne verte continue cette partie de l'encadrement du vallon des Eaux-Bonnes. Au midi, la montagne et ses ramifications granitiques ferment la gorge ombreuse au-dessus de laquelle monte jusqu'aux nuages le Pic du Ger couronné de neige. C'est de ce côté que jaillit l'eau thermale.

Bientôt dans cet étroit vallon, si sauvage et si abrité, se déroule devant moi à gauche de la route une ligne de hautes et belles maisons qui se continue jusqu'à la source thermale. Une promenade, appelée le Jardin des Anglais, plantée d'arbres rares, parmi lesquels les sorbiers étalent leurs fruits de corail, décrit un immense ovale qu'entourent du côté opposé d'autres maisons blanches et neuves.

Là, la scène s'anime et offre un mélange plein d'étrangeté, de la civilisation et de la nature : des servantes d'auberge, coiffées avec grâce d'un fichu blanc, vert, bleu de ciel ou rose, noué du côté gauche vers l'oreille, entourent ma voiture et m'offrent des logements. Les guides des montagnes, dans leur pittoresque costume, béret et veste rouges, culotte collante en gros drap brun, guêtres de laine blanche, tiennent par le mors de petits chevaux sur lesquels s'élancent de jeunes femmes et de jeunes filles en élégantes amazones et coiffées de chapeaux à la Diana-Vernon. Des paysannes en capulet et en costume basque, que nous décrirons plus tard, asseyent sur des montures plus pacifiques les petits garçons et les petites filles vêtus à la Parisienne. Les ânes se font doux et caressants à la voix de ces beaux enfants. Des calèches découvertes où sont assises des femmes parées croisent ma voiture et prennent la route des Eaux-Chaudes. On dirait d'une promenade au bois de Boulogne. D'autres femmes circulent dans le Jardin des Anglais avec des toilettes aussi fraîches et aussi irréprochables que celles qu'on voit à Paris au boulevard de Gand. Des colporteurs espagnols, à l'allure et au costume de Figaro, étalent sur les bancs et les perrons des maisons des poignards andalous, des écharpes et des ceintures de Barcelone que je les soupçonne d'avoir passés en contrebande. De la porte des hôtels on voit sortir de pauvres malades en chaises à porteurs d'osier recouvertes de toile perse. C'est ainsi qu'ils vont à la promenade ou boire l'eau salutaire. Si l'on monte jusqu'à l'établissement de l'eau thermale, après la place formée par le Jardin des Anglais, s'ouvre une large rue bordée de chaque côté d'élégantes boutiques. Là les modes de Paris s'étalent à l'envi : robes, chapeaux et bijoux s'offrent à la femme qui aurait négligé d'apporter des toilettes.

À côté de ces objets connus, en voici de plus tentateurs, car ils sont nouveaux pour la Parisienne et la sollicitent par cet attrait qu'a toujours ce qui est inusité. Ce sont les draps et les tissus des Pyrénées françaises et espagnoles, des costumes basques complets, des bijoux arabes, d'autres en marbre des Pyrénées, des albums contenant les vues et les costumes du pays ; toutes sortes de fantaisies indigènes et étrangère, réunies dans d'élégants bazars.

Je ne jette qu'un coup d'œil rapide sur l'ensemble que je viens de décrire. La voiture redescend la rue des Eaux-Thermales et me conduit à l'Hôtel de France, le plus ancien des Eaux-Bonnes. Il est tenu par Taverne, un vieillard doux et riant, qui vous racontera les traditions et la chronique des Eaux. Que de célébrités n'a-t-il pas vues et à combien n'a-t-il pas parlé ! Il a reçu mademoiselle Contat, madame de Genlis, mademoiselle Mars et plusieurs généraux et maréchaux du premier Empire, qui, après les désastres de 1814, vinrent demander l'apaisement des douleurs du corps et de l'âme à ces régions sereines.

Depuis quelques années le monde de l'aristocratie des lettres et des arts se presse durant trois mois aux Eaux-Bonnes. Il y apporte et y trouve toutes les recherches du luxe et de la civilisation. Le temps n'est plus où Marguerite de Valois, après la captivité en Espagne de son frère François ier, venait, accablée des fatigues et de la tristesse de son voyage à Madrid, demander la santé à cette eau bienfaisante. La princesse arrivait dans ce lieu sauvage à dos de mulet, et trempait au jet des Aiguos-Bonnos qui sortaient fumantes du rocher, ses lèvres d'où découlèrent de si beaux vers :

> Triste j'étois quand vous aviez tristesse ;
> Si mal aviez on me yoyoit morir,

écrivait-elle au roi son frère ; après la mort de ce frère adoré, elle s'écriait énergiquement :

> L'âpre morceau de mort veulx avaler !
> L'âpre morceau de mort veulx savourer !

Montaigne et de Thou allèrent aussi de Bordeaux à petites journées, portés par de douces montures, boire à cette source dont ils ont parlé.

Pour le poète, la Naïade ainsi solitaire et livrant ses trésors à quelques hardis visiteurs est préférable à la Naïade banale d'aujourd'hui.

Maintenant c'est en chaise de poste et en équipage qu'on arrive dans le défilé des Eaux-Bonnes, jusqu'à la porte de l'Hôtel de France et des autres hôtels. Cette année-là, la société avait été des plus nombreuses et des plus brillantes. Le maréchal Bosquet arriva un des premiers, puis vinrent successivement madame Amédée Thayer, femme du sénateur, M. Plantier, évêque de Nismes, M. Liouville, bâtonnier de l'ordre des avocats, sa gracieuse fille et ce jeune Emilio Dandolo dont la mort, au retour des eaux, fut pour Milan le signal de l'indépendance aujourd'hui reconquise.

La princesse Constantin Ghyka, la princesse Cantacuzène, une jeune et poétique Russe dont la beauté pâle et amaigrie attendrissait tous les regards ; la charmante princesse Vogoridès, femme du caïmacan des Provinces danubiennes et belle-sœur de madame Musurus, ambassadrice à Londres, dont j'ai parlé dans la Presse, La princesse Vogoridès possède et aime notre littérature. C'est un esprit délicat et très-cultivé dont la profondeur étonne tout-à-coup dans les questions de sentiment. Quant à la svelte princesse Constantin Ghyka, elle ressemblait à une jeune fille de quatorze ans. À sa taille frêle, à son visage mignon, qui l'eût crue, la mère de deux enfants dont l'ainée (une petite fille de quatre ans) portait avec une grâce extrême un joli costume basque !

Des chanteurs de l'Opéra et des acteurs de nos différents théâtres viennent chaque été demander aux Eaux-Bonnes le repos de leur larynx irrité et la résurrection des notes perdues. Parmi les célébrités théâtrales qu'on remarquait cette année-là, mademoiselle Sarah Félix attirait toutes les sympathies ; le souvenir de son illustre sœur planait sur elle : il fallait la voir entourée des reliques de cette sœur bien-aimée. Rachel semblait revivre dans ces élégants vestiges. Cette tête pâlie et inspirée ne va-t-elle pas se ranimer sous ce capuchon de velours cerise garni de point d'Angleterre et de dentelles noires où elle aimait à s'abriter.

Voici le peigne d'ivoire dont elle lissait ses beaux cheveux ! le petit couteau d'argent à manche d'écaille qui lui servit à peler les fruits d'Égypte et de Provence. Son nécessaire de toilette est encore embaumé des senteurs qu'elle préférait. Sur les parois de velours vert sont restés quelques débris de ses ongles roses et parfumés ! ce petit portrait en photographie nous la montre dans ses derniers jours : elle est là affaissée au soleil, ses belles mains croisées sur ses genoux dans l'accablement de l'attente de la mort. Cet autre nécessaire d'or renferme le dé, les aiguilles et les ciseaux dont elle se plaisait à se servir ; elle faisait pour ses amis des ouvrages de fée : qui achèvera cette belle fleur en tapisserie que ses doigts mourants ont commencée ?

Voici une ombrelle que le soleil du désert a fanée et qui évoque une scène émouvante : c'était au pied des pyramides. Sarah, la sœur robuste et intrépide, gravissait sur le dos d'un Nubien le tombeau des Pharaons, tandis que Rachel, Cléopâtre mourante, assise sur le sable, regardait le sphinx immobile ! Que lui disait-il ?

Il faut entendre la femme aimante qui a survécu parler de la grande artiste qui n'est plus ! Tout ce qu'elle a recueilli d'elle mériterait d'être écrit. Durant deux ans elle a veillé sur cette vie glorieuse qui s'éteignait ; jeune mère attentive de cette sœur adorée.

Parfois le dîner et le salon de l'hôtel de France réunissaient la plus attrayante compagnie : outre les personnes que nous avons nommées tout à l'heure, plusieurs jeunes femmes et plusieurs jeunes filles charmaient les regards par leur élégance et leur beauté. La fleur, la perle, nous dirions volontiers la lionne de ces groupes harmonieux, si le mot n'était devenu banal, était mademoiselle Lewkowiskh, une jeune et brune Polonaise de dix-huit ans, à la taille et aux yeux de Junon, aux narines ouvertes, à la bouche charmante et perlée d'où s'échappe une voix puissante dont les échos des Eaux-Bonnes rediront longtemps les accents.

Mademoiselle Lewkowiskh exerce involontairement la flirtition sur tout ce qui l'entoure. Elle paraît et séduit comme les sirènes de l'antiquité dont parle Homère. Parmi ses plus assidus admirateurs durant la saison des eaux, citons M. Eugène Laval, architecte du gouvernement, esprit vif et lettré.

Parfois, la belle voix de mademoiselle Lewkowiskh se faisait entendre à l'issue du dîner, ou bien quelque amateur jouait au piano des airs de contredanse. Alors commençait un bal improvisé, et les malades oubliaient leurs souffrances.

Je vois le lecteur sourire à ce mot de malades : les eaux, pense-t-on, n'attirent que les ennuyés et les curieux, et aussitôt que leurs fantaisies sont satisfaites, voilà le mal qui les tourmentait guéri ; le plaisir est donc le meilleur médecin des eaux ! Non, non, il est des malades gravement atteints, et dont le travail, les passions, les chagrins ont miné l'organisation. Il faut à ceux-là un médecin éclairé, qui les comprenne et les dirige dans le régime qu'ils doivent suivre. Ainsi, boire les Eaux-Bonnes ne suffit pas ; ces eaux ne sont pas miraculeuses, elles aident à la guérison ; mais c'est surtout des conseils et de la pénétration du médecin que la guérison entière dépend. M. le docteur Daralde a été longtemps l'oracle des Eaux-Bonnes, et y a laissé des souvenirs ineffaçables. Une maladie fatale a enchaîné tout à coup ses facultés.

M. Daralde a dû renoncer à son ministère. La foule des malades, comme un troupeau effaré, s'est d'abord épouvantée d'avoir perdu son berger. Mais les princes et les princesses, les gens du monde et les artistes ne s'effraient de rien. Avant tout, ce qu'il leur fallait, c'était un médecin de Paris, un homme qui comprît leur vie tourmentée et ardente, et partant les souffrances physiques qui en découlent ; un homme qui dissimulât la science sous l'esprit, la profondeur sous l'enjouement et une pratique exercée sous l'apparence d'une pénétration soudaine ; enfin, pas de pédantisme et beaucoup de savoir.

Le docteur René Brian, bibliothécaire de l'École de médecine, réunissait toutes ces conditions. Hautement estimé de l'Académie de médecine de Paris et de tout l'Institut de France, il s'est acquis à Paris et à l'étranger une double réputation comme écrivain et comme praticien. Une fée bienfaisante semblait l'avoir envoyé cette année aux malades des Eaux-Bonnes. Aussi a-t-il obtenu d'emblée la haute clientèle, comme on dit ; presque toutes les personnes de distinction que j'ai nommées ont reçu les soins du docteur Briau. Les deux jeunes et charmantes princesses Ghyka et Galitzine l'ont mis à la mode.

Lorsque les nombreux convives venus là de toutes les parties du monde sont rangés à l'entour de l'immense table d'hôte de l'hôtel de France, et que les domestiques affairés font circuler les énormes saumons, les pièces de venaison fumantes et les sorbets glacés, qui pourrait se croire au milieu d'une des gorges les plus sauvages des Pyrénées et en compagnie de malades dont plusieurs sont déjà touchés par le doigt irrémissible de la mort ? Chacun semble revivre à cette heure du repas du soir : les femmes revêtent leurs plus jolies toilettes pour se montrer après dîner à la Promenade horizontale ; les hommes, plus négligés, arrivent cependant avec du linge blanc et une barbe fraîchement rasée ; on s'examine, on cause, on disserte ; les sympathies et les antipathies se dessinent, et on finit par former de petits groupes distincts qui ne se mêlent jamais.

Comme thème d'observation, cela est assez amusant durant quelques instants de la journée ; mais un esprit élevé et recueilli se lasserait bientôt de ce bruit et de ce contact si la grandeur de la nature ne lui offrait au dehors de longues heures de solitude et d'admiration.

C'est là qu'il faut relire, et que j'ai relu, la chanson de Roland, ce superbe monument de la poésie française au xie siècle ; j'ai pu constater comment les grands poètes sont éternellement vrais. On voit toujours dans les Pyrénées : « L'herbe verte où coulent les torrents ; – les longues vallées où le son pénètre et se répercute ; – les ténébreux défilés au bord des gaves rapides et ces roches de marbre d'où le Sarrasin épiait le héros français mourant.»

C'est ainsi qu'Homère a décrit quelques rivages et quelques terres de l'Asie-Mineure avec une telle précision que, l'Iliale ou l'Odyssée en main, le voyageur les reconnaît encore aujourd'hui.

Dès le lendemain de mon arrivée, j'eus hâte de parcourir les paysages grandioses qui étreignent en tous sens les Eaux-Bonnes ; partout la nature sauvage lutte contre l'envahissement des maisons. Les hôtels sont adossés aux parois des rocs, et l'on peut entendre de la fenêtre de sa chambre le bouillonnement des torrents voisins.

Je montai l'étroite rue de la Cascade, et bientôt je découvris la chute du Valentin se précipitant du haut d'un roc en trois nappes d'écume où le soleil étale toutes les couleurs du prisme. L'eau tombe bruyamment dans une cavité profonde qui décrit une sorte de bassin circulaire ; un pêcheur retirait de cet abîme des filets ruisselants où frétillait une myriade des mêmes petites truites qu'on nous servait chaque jour à déjeuner.

Après cette chute, le Valentin décrit sous l'ombre et dans les sinuosités des rochers couverts de buis et de fougères une foule de petites cascades ; son cours se continue ainsi jusqu'à sa jonction avec le torrent des Eaux-Chaudes dont j'ai déjà parlé et que je décrirai bientôt. Mais au lieu de descendre le Valentin ce jour-là, j'eus la fantaisie de le remonter, et je dirigeai ma promenade au-dessus de l'établissement thermal ; je tournai à gauche et je me trouvai dans un sentier ombreux tracé au flanc de la montagne, et dont la solitude semblait gardée par un vieil aveugle qui abritait la cécité de sou chef branlant sous un béret basque. Il était là assis sous un hêtre tortueux, roulant les grains d'un énorme chapelet de buis dans ses mains, gardien impassible du gouffre béant derrière lui.

Ce gouffre est riant, comme l'est toujours chaque lambeau de terre qu'une luxueuse végétation recouvre. Les grands arbres s'enchevêtrent sur cette pente rapide ; les touffes serrées de buis, de fougère, de bruyère rose et de roquette jaune en tapissent le sol et descendent jusqu'au lit du torrent où un faux pas dans l'étroit sentier pourrait vous faire rouler sur le feuillage glissant des arbustes. Mais née dans un pays alpestre que traverse la chaîne des Alpines provençales, j'ai contracté dès mon enfance l'habitude des hauteurs : j'avançai donc d'un pied sûr dans les défilés de rocs et de verdure, et après avoir tourné le sentier qui forme un coude au flanc de la montagne, j'aperçus de nouveau le Valentin qui bondissait en une chute moins haute que celle dont j'ai parlé, mais plus large et sur laquelle est jeté un pont de pierre conduisant au joli village d'Aas, groupé en face sur les fraîches pelouses de la Montagne verte.

Ce village est dominé par une église dont la cloche agitait en ce moment ses sons clairs et vibrants dans le calme de l'air. – Je vis s'avancer en face de moi, à pas précipités, un paysan chargé d'une grande hotte pleine de neige durcie qu'il venait de chercher au sommet du pic du Ger, et qui devait servir le soir à la confection des glaces et des sorbets. Tout à coup, au son de la cloche, le montagnard s'arrête et s'agenouille haletant sous le poids de sa hotte ; il joint les mains et se met en prière ; ses yeux se tournent vers le ciel et son visage exprime une extase si sincère que je n'ose l'interrompre et l'interroger ; ce n'est que lorsque son oraison est finie et qu'il se lève pour se remettre en route que je lui demande si c'est l'angelus qu'il vient de réciter.

– Non, madame, me répond-il en patois basque, Je viens de prier pour une âme qui s'en va, comme par toute la campagne on priera pour la mienne quand je partirai.

– Cette cloche de l'église du village d'Aas sonnait donc un glas d'agonie ? lui dis-je.

– Oui, madame.

Et comme je restai pensive songeant à cet usage touchant, il me crut frappée d'un peu de terreur et il ajouta :

– Oh ! que cela ne vous effraye pas ; vous n'entendrez jamais cette cloche aux Eaux-Bonnes.

– Et pourquoi donc, repris-je en souriant, est-ce qu'on n'y meurt pas ?

– Oh ! souvent au contraire, mais on y cache les morts, et avant que le jour ne se lève on va les enterrer là-bas, au cimetière d'Aas, sans que les malades riches les aient vus et se soient même doutés qu'ils sont morts. – Car voyez-vous, madame, ajouta-t-il sous forme de réflexion, pour le riche c'est très-dur de mourir ; mais pour nous autres, pauvre monde, ce n'est rien ; il nous est bon de penser que nous serons mieux dans le paradis que dans cette vie. Puis, portant la main à son béret, il me salua, et, secouant son lourd fardeau, il se remit en marche rapidement.

Ce jour-là je ne poursuivis pas plus avant ma promenade au dessous de la gorge ombreuse au fond de laquelle coule le Valentin ; l'horloge de l'établissement thermal sonna quatre heures et m'avertit qu'il était temps d'aller boire ma dose d'eau. À ce moment de la journée, on rencontre toujours une foule parée sous les galeries qui conduisent à la bienfaisante fontaine de marbre blanc : on se salue, on échange les nouvelles des Eaux et celles reçues le matin de Paris. Les femmes se complimentent sur une robe et sur un chapeau ; c'est un défi de toilettes qui se continue à l'issue du dîner.

La Promenade horizontale devient, à cette heure où le soleil se voile, une sorte de Longchamp qui voit passer les modes les plus fraîches ; on dirait que les femmes, jalouses des grâces et de la beauté de la nature, veulent lui disputer les regards charmés des promeneurs.

Au flanc de la montagne occidentale qui borne les Eaux-Bonnes, on a creusé et parfois taillé dans le roc la Promenade horizontale ; en l'apercevant de loin, quand on arrive par la route des Eaux-Chaudes, on dirait une large écharpe jaune ondoyant sur la robe verte de la montagne. C'est sur les pentes inférieures du mont Gourzy, tout couvert d'arbres séculaires, que cette belle promenade a été tracée ; on a épargné çà et là avec un rare bonheur des frênes et des ormes aux troncs énormes et tortueux, dont les branches touffues semblent se précipiter sur la tête des promeneurs. C'est d'un très-bel effet sauvage. De distance en distance, du haut du roc perpendiculaire filtrent de petites sources dont les gouttes cristallines, frappées par le soleil levant, ont l'éclat des pierreries.

On parvient à la Promenade horizontale par une montée très-douce qui se fond pour ainsi dire dans une allée de Jardin des Anglais dont j'ai déjà parlé : on a alors à sa droite les hauteurs du mont Gourzy formant une sorte d'immense rideau vert sombre tranchant sur le bleu vif du ciel. À gauche sont des pentes plus douces que recouvrent des arbres moins hauts sous lesquels jasent de jolis cours d'eau dont les voix légères vont se confondre à la voix plus retentissante du Valentin qui mugit là-bas dans un ravin profond. Toutes les pentes des collines sont tapissées de fougères et de buis, l'air vif s'empreint de leurs bonnes et vivifiantes senteurs. Dès le début de la promenade s'élève à gauche un pavillon à jour dont le toit pointu abrite quelques bancs ; c'est là que s'assoient les malades les plus faibles ; ils ont alors en face (en tournant le dos à la promenade) la double ligne grimpante des maisons des Eaux-Bonnes s'élevant jusqu'à l'établissement thermal que couronnent le Plateau de l'Espérance, la Butte du Trésor (noms symboliques du rocher d'où jaillit l'eau bienfaisante) et au-dessus le pic du Ger au sommet couvert de neige, blanc et souriant dans la splendeur du ciel bleu comme un beau vieillard couronné de sérénité.

Mais continuons à marcher sur cette Promenade horizontale que bornent au nord les premières chaînes de montagnes de la vallée d'Ossau et l'entrée de la gorge des Eaux-Chaudes. En avançant, la promenade fait un coude autour du roc, et à la pointe extrême de cet angle, qu'elle décrit sur des précipices, s'élève un autre pavillon où l'on s'assied pour écouter tomber le torrent. Jusque-là, du côté gauche, quelques bancs ombragés d'arbres s'adossent au roc et offrent des haltes de repos ; mais aussitôt qu'on a dépassé le pavillon l'aspect de la promenade est plus nu et plus sauvage ; les femmes élégantes qui viennent seulement pour se montrer, comme elles se montrent au bois de Boulogne à Paris, ne vont pas plus loin ; mais les artistes et les poète avancent jusqu'au bout de cette route pittoresque creusée dans la montagne : je l'ai parcourue à toutes les heures. Le soir, la cime des montagnes de la vallée d'Ossau, qu'on a vis-à-vis soi en avançant toujours, se drapait de teintes pourpres graduées de rose et que les lueurs voisines du soleil couchant faisaient flamboyer comme un incendie.

Le matin, souvent ces sommets nageaient dans des vapeurs nacrées dont ils se dégageaient tout à coup comme balayés par la lumière qui montait à l'Orient ; à midi, les couches successives des montagnes jusqu'au faite des pics les plus élevés, se dessinaient nettement sur l'étendue uniforme et sans tache du ciel bleu ; chaque accident de ces masses grandioses, vallées, villages, bois, torrents, pentes de gazons, roches de marbre se groupait en relief, sur ce fond inaltéré.

Attirée par ce magnifique tableau toujours le même, mais que les effets de lumière variaient à l'infini, j'allais souvent jusqu'aux dernières limites de la Promenade horizontale : les arbres ne l'ombrageaient plus ; les buis seuls montaient à ma droite depuis le fond du ravin jusqu'au bord de la route et descendaient à gauche de la montagne moins boisée et effondrée çà et là ; tout à coup le chemin tracé finissait devant une prairie close par une claire-voie et une grange autour de laquelle quelques poules picoraient.

Ces petites granges à toitures grises n'ayant qu'une porte basse et une étroite fenêtre, ne servent pas en général d'habitation aux montagnards, ils y abritent seulement leurs récoltes de maïs et de foin, et en temps d'orage s'y réfugient momentanément avec leurs bestiaux. Pourtant les poules et un ânon paissant tout près, me faisaient penser que cette grange était habitée quoique je n'en aie jamais vu sortir personne. – Je poussais la porte de la claire-voie et je m'asseyais ordinairement sur un fragment de roc tombé dans la prairie et qui y formait un banc naturel ; j'avais au-dessus de ma tête le bois de sapins qui s'échelonnait sur le mont Gourzy ; l'air s'imprégnait d'une forte odeur de résine qui me semblait un baume pour ma poitrine malade ; dans les entre-déchirements des rocs à ma gauche, je voyais tout près la route monumentale des Eaux-Chaudes ; en face, à mes pieds, le village de Laruns, plus loin celui de Bielle et la route de Pau s'enfonçant dans la vallée charmante que j'avais suivie et décrite en me rendant aux Eaux-Bonnes.

J'étais si malade et si faible au commencement de mon séjour aux Eaux, que je faisais bien des haltes avant d'arriver au terme de cette promenade préférée. Tantôt je m'arrêtais sur un banc au soleil, tantôt je m'étendais sur une pente de gazon et je m'endormais presque, bercée par la brise chaude qui soufflait sur ma tête. Un jour, après une de ces crises de toux violente auxquelles succède un anéantissement qui fait croire à la mort et qui participe du calme qu'elle doit donner, je m'étais blottie entre une touffe de grand buis et une touffe de haute fougère sur le versant gauche de la route. C'est là que je composai les vers suivants, expression fidèle de la tristesse sereine qui m'envahissait :

Quand des grands pics brisés, tels qu'un monde en ruine,
Le Gave harmonieux tombe avec de longs bruits,
Et que l'air chaud du jour soulève des collines
La saine odeur des pins, des maïs et des buis,

Lorsqu'un soleil ardent jette ses étincelles

Sur la neige durcie à la cime d'un mont,
Et que sur ces hauteurs, semblant avoir des ailes,
Plane le berger basque un béret rouge au front,

Dans la gorge profonde où quelque source pleure
Parmi les gazons verts, fleurissant à mes pieds,
Souvent je vais m'asseoir et, laissant passer l'heure,
J'évoque de mon cœur les spectres oubliés.

Dans l'écume d'argent du torrent qui bouillonne,
Sous les grands hêtres noirs des lointaines forêts,
Sur les sommets neigeux que le soleil couronne,
Rêveur, pâle et mourant c'est toi qui m'apparais.

C'est toi, c'est toujours toi, spectre de ma jeunesse,
Toi mon amour si vrai, toi mon espoir si doux,
Toi le pur dévouement et la sainte tendresse
De la vierge qui tremble en s'offrant à l'époux !

Tu revis, et je sens se chercher et s'étreindre
Nos cœurs, tristes jouets d'un long malentendu ;
Et pour ne plus les voir ni pâlir ni s'éteindre
Nous retrouvons l'amour et le bonheur perdu.

Un monde dont mon cœur pressentit la lumière,
Nous entoure soudain de sereines clartés ;
Je sens renaître en moi mon extase première,
Et riante d'amour je marche à tes côtés.

Oh ! cette vision c'est la mort qui s'avance,
La mort qui réunit, la mort qui rend meilleurs,
Et qui ranime au jour de notre délivrance
Les rêves d'ici-bas qu'on réalise ailleurs !

Témoins de ton angoisse et de ton agonie,
Ces lieux semblent garder quelque chose de toi ;
Et par une secrète et funèbre harmonie
Le mal dont tu souffris aujourd'hui brûle en moi.

C'est la même langueur dont je me sens saisie,
Apaisement du cœur, défaillance du corps ;
Et mon âme s'exhale en cris de poésie,
Comme faisait la tienne en suaves accords.

Je meurs en contemplant cette terre si belle,
Qu'avant de se fermer cherchaient tes yeux ravis,
Ce ciel, ces monts, ces bois, d'une sphère nouvelle
Semblent former pour moi le radieux parvis.

La pelouse fleurie est mon lit mortuaire,
Le torrent qui bondit, mon glas rafraîchissant ;
La nature vers toi m'emporte en me berçant,
Et du profond éther l'azur est mon suaire.

Quand je me sentais ainsi m'éteindre et mourir doucement, par un instinct propre à quelques hommes comme à quelques animaux, je souhaitais la solitude la plus absolue pour finir de vivre dans le recueillement et la paix. Insensiblement un peu de force me revint, je respirai plus librement, je pus gravir quelques hauteurs sans tomber ensuite anéantie. Un jour, après avoir bu mon verre d'eau thermale, je me sentis toute ranimée ; je franchis la terrasse plantée de tilleuls de l'établissement, et je commençai à monter d'un pas ferme la pente du Plateau de l'Espérance ; je suivais un sentier bordé d'une haie de buis et de noisetiers sauvages et ombragé de platanes et d'acacias ; je m'assis sur une plate-forme de gazon ; j'avais au-dessus de moi la Butte du Trésor, qui enserre dans ses flancs la source chaude, et qui se couronne d'un kiosque ; après quelques instants de repos, je commençai l'ascension du roc abrupte, facilitée par un sentier ombreux qui tourne en spirale jusqu'au point culminant du mamelon. J'arrivai à l'entrée du kiosque un peu essoufflée, mais sentant que le sang affluait à mes joues au lieu d'étouffer ma poitrine et mon cœur. Je m'assis sur un banc du kiosque et, la tête appuyée entre les interstices de ses légères colonnes de bois, je bénis en l'admirant la nature qui me guérissait.

En abaissant les yeux, je voyais se dérouler à mes pieds les blanches et riantes habitations des Eaux-Bonnes ; à ma droite, la Montagne-Verte étendait ses immenses pelouses ; au loin, en face de moi, et comme le gardien de la vallée d'Ossau, un mont gigantesque découpait dans le ciel les dentelures énormes de ses pics décharnés ; à ma gauche, le mont Gourzy couronnait son sommet de grands sapins qui s'échelonnent en pyramides ; puis, quand je me retournais de l'autre côté du kiosque, j'avais au-dessus, de ma tête le faite de granit du Pic du Ger, couvert d'une neige pure qui se confondait avec quelques flocons de blanc nuage nageant dans l'azur ; à mes pieds, entre les crevasses des rocs bouleversés jaillissent de petites cascades ou plutôt des courants d'eau qui servent de lavoirs aux blanchisseuses des Eaux-Bonnes ; de la hauteur où j'étais, à peine si on entendait monter par intervalles et par lambeaux quelques coups de battoirs et des fragments de complaintes chantées par les lavandières ; le linge blanc s'étalait sur les arbustes odorants et sur les pentes gazonnées ; il y contractait une saine et bonne odeur.

Les montagnes me parurent ce jour-là d'une beauté inaccoutumée ; la température était tiède, pas un souffle d'air n'agitait la cime des arbres ; il y avait dans l'atmosphère comme une quiétude qui me gagnait et me pénétrait de bien-être. Je ne souffrais plus ; je m'abandonnai longtemps à un ravissement qui ressemblait à une prière. Le jour décroissait, j'oubliais la fuite des heures et l'appel du dîner ; la suavité de l'air et la sublimité de la création me nourrissaient ; c'était une convalescence à laquelle l'âme prenait une large part. Je vis le soleil se coucher au front du mont Gourzy et quelques étoiles apparaître au-dessus de la Montagne-Verte. Quand je me décidai à quitter le banc du kiosque, tout le ciel d'un bleu sombre scintillait de constellations ; la lune projetait son disque sur le sommet d'un bois ; les masses des montagnes se découpaient en brun sur le firmament. À mesure que je descendais, j'entendais un chant d'église venir jusqu'à moi ; quand je fus arrivée à la terrasse de l'établissement thermal, je vis la chapelle des Eaux-Bonnes, adossée à la base de la Butte du Trésor, tout éclatante de lumière.

Les montagnards qui célébraient le mois de Marie étaient agenouillés sur la place de la petite église ; les pâtres basques tenaient leur béret à la main et les vieilles paysannes inclinaient sur leur poitrine leur tête couverte d'un capulet ; hommes et femmes roulaient dans leurs mains un chapelet de buis. Même pour ceux qui ne prient pas de la même manière, cette foule prosternée, se détachant sur le fond lumineux de la chapelle éclairée, qui à son tour se dessinait sur la montagne verdoyante dominée par le ciel limpide et étoilé, formait un tableau saisissant et sacré qui faisait planer l'âme.

Pendant que l'efficacité des eaux et la douceur de la température m'arrachaient à la mort, la surveillance éclairée du docteur, les longues causeries intellectuelles avec la princesse Vogoridès et quelques hommes distingués ; les attentions d'ange d'une blonde jeune fille de Jassy, amie de pension de ma fille ; les soins assidus de la sœur de l'illustre Rachel, qui me grondait avec une bonté émue lorsque je voulais travailler et me disait, en m'arrachant la plume des mains : « Voulez-vous donc que l'art vous tue comme il l'a tuée ! » tous ces empressements réunis composaient pour mon âme une atmosphère aussi bienfaisante que l'était pour mon corps l'air des montagnes que je respirais.

Bientôt je me sentis assez de force pour entreprendre des promenades plus longues. Seulement, par ordre du docteur, je devais m'aider de l'animal pacifique qui réchauffa la crèche de son souffle et servit à la fuite en Égypte. Un matin, après un orage qui avait laissé aux branches des arbres de belles gouttes claires comme des diamants, je partis avec l'aimable jeune fille valaque et sa mère ; nos trois montures, précédées d'un guide, franchirent le Jardin des Anglais et se dirigèrent vers la Promenade horizontale ; mais au lieu de la suivre en avançant vers le nord, nous tournâmes bientôt sur un sentier plus étroit creusé dans les flancs du mont Gourzy du côté du midi. Ici l'art à moins fait que pour la Promenade horizontale ; le sentier à peine frayé est envahi par les broussailles et par le feuillage recourbé des hêtres qui répandaient sur nos têtes des perles de pluie ; quelques-unes roulaient comme de belles larmes sur les blonds cheveux de la jeune fille et s'arrêtaient sur ses joues roses et nacrées. Son large chapeau rond, flottant sur ses épaules, laissait à découvert sa tête animée par le grand air et l'allure un peu rude d'un âne rétif.

Nous aurions voulu avancer plus vite, mais le guide nous répétait qu'il fallait ne point forcer le pas de nos bêtes sous peine d'accident dans ces sentiers perpendiculaires au-dessus des précipices ; le plus sage, dans ces sortes d'excursions, est de s'abandonner à ces guides montagnards qui connaissent si bien chaque anfractuosité de roc. La veille encore, il était arrivé une étrange catastrophe. Du haut de l'étroit chemin que nous parcourions, un écolier en vacances, de dix-sept ans, qui en était à son coup d'essai en fait d'équitation, avait voulu monter sans guide un de ces bons petits chevaux basques, dociles et obéissant à la main qu'ils connaissent, mais fringants et indomptés si une main étrangère fait jouer un mors trop dur dans leur bouche fine.

L'écolier parcourut d'abord au pas ces sentiers embarrassés par les branches des arbres et les touffes de bruyères pendantes des rocs ; mais quand l'étroit chemin fut à découvert, délivré de l'importunité du feuillage et oubliant le gouffre béant à sa gauche, il crut pouvoir jouer de l'éperon ; la bête effarouchée se précipita aveuglément et roula avec son cavalier dans l'abîme. Leste et souple comme un singe, le jeune homme se dégagea de l'étrier et se suspendit à un arbre tandis que le pauvre cheval continuant à rouler laissait de sa chair et de ses entrailles à chaque degré du mont. Avant d'avoir atteint la base il était mort ; le guide nous montra les traces de son sang et l'arbre auquel le cavalier s'était accroché.

– Mon maître, nous dit-il, n'a pas demandé un sou d'indemnité pour ce bon cheval qui était son préféré, il n'en avait pas le droit, car l'homme aurait pu se tuer aussi ; mais n'ayant pas eu une égratignure, ce petit monsieur, tout de même, aurait pu dédommager mon maître.

Ce furent les princesses Galitzine et Vogoridès, qui, quelques jours après, offrirent au loueur le prix intégral de ce joli cheval mort qu'elles avaient monté souvent avec sécurité.

Revenant sur nos pas et craignant de nous avancer du côté de ce précipice encore ensanglanté, nous nous avançâmes au-dessus de la promenade Grammont que nous venions de parcourir (elle doit son nom aux anciens ducs de Grammont originaires du Béarn), et nous franchîmes les premiers sentiers de la promenade Jacqueminot qui se dégage sur les plateaux supérieurs du mont Gourzy. Nous pénétrâmes avec ravissement à travers ces bois silencieux ; après avoir franchi la région des hêtres, nous nous trouvâmes dans celle des sapins aux troncs énormes et aux rameaux réguliers dessinant leurs dentelures sur un ciel d'un bleu limpide ; les brins menus tombés des branches formaient sous nos pieds un sable odorant dont la senteur dilatait la poitrine. Bientôt nous nous trouvâmes sur un pan plus reculé du mont Gourzy où les arbres moins pressés faisaient place à de belles pelouses fleuries.

Nous nous assîmes embrassant du regard les horizons que j'ai déjà décrits, et tandis que nos ânes broutaient l'herbe fraîche, nous fîmes une collation de fruits et de gâteaux sur la même nappe de gazon où le général Jacqueminot (dont cette promenade porte le nom) a donné, dit-on, un splendide festin. J'étais si ravie de la beauté tranquille de ce lieu que j'aurais voulu m'y arrêter longtemps, ou plutôt poursuivre notre excursion sur les plateaux supérieurs du mont ; mais il nous fallait deux heures pour descendre et le jour décroissait ; nous dûmes songer au retour. Je me promis bien de revenir seule avec un guide sur les hauteurs superbes qui s'échelonnaient au-dessus de ma tête et d'en parcourir tous les mystères pittoresques et charmants. Ou verra comment ce désir de Dryade me porta malheur.

Ces excursions à âne m'étaient très-salutaires ; tantôt je les faisais seule, tantôt en riante et douce compagnie. Nous allâmes une après-midi à la grotte Castellane avec les deux aimables dames valaques qui m'avaient accompagné au mont Gourzy, et le prince Constantin Ghyka, qui nous précédait à cheval ; sa belle enfant de quatre ans, costumée en paysanne béarnaise, chevauchait sur un ânon à côté de nous. Nous descendîmes la route des Eaux-Bonnes, qui conduit à Laruns, rasant la pente escarpée au fond de laquelle le Valentin assoupi fait entendre un doux gazouillement qui contraste avec le bruit formidable que répandent plus haut les cascades formées de ses eaux. Bientôt nous découvrîmes sur une jolie pelouse des arbres étrangers plantés çà et là en petits groupes et en cabinets de verdure. C'est comme un essai en miniature d'un jardin anglais. Là est écrit sur un poteau, au seuil d'un sentier qui descend en serpentant jusqu'au fond du ravin : Grotte très-curieuse.

À un signal de notre guide montagnard, une vieille femme parut sur la porte d'une grange voisine et vint nous offrir de nous conduire à la grotte Castellane. Le comte Jules de Castellane, qui est un homme d'imagination et un grand seigneur riche et oisif, vint, en 1841, boire les Eaux-bonnes ; il se passa la fantaisie de cette grotte comme il s'était passé le caprice d'un théâtre dans son hôtel, rue Saint-Honoré ; il fit plus : ce lieu lui paraissant pittoresque, il annonça qu'il s'y ferait bâtir une Villa. Un architecte dressa des plans, et on commença à dessiner un labyrinthe et quelques sentiers. De ce rêve, il n'est resté qu'une inscription sur une plaque de marbre noir où l'on lit : Villa Castellane ; quant à la villa, c'est un château en Espagne, tel que l'aimable comte en a fait tant d'autres dans sa vie. Mais la grotte existe réellement. Laissant nos montures sur le bord de la route, précédés de la vieille femme qui tenait une clé rouillée à la main, nous descendîmes dans le ravin par le sentier tortueux et abrupte que le comte de Castellane a fait creuser.

Autrefois, l'accès de la grotte n'était praticable que pour quelques chevriers. À nos pieds coulait, avec des détours sinueux, le torrent limpide ; en face, s'élevait un rocher gigantesque où se groupe le joli village d'Assouste. C'est sur ce mont qu'au moyen âge se juchait le manoir féodal du même nom ; il fut rasé au xvie siècle, durant les guerres civiles, il n'en reste pas de traces ; la végétation a enseveli ses derniers vestiges et les a pour ainsi dire assimilés au sol.

Nous étions arrivés au bord du Valentin frémissant sous l'ombre des arbustes entrelacés ; la vieille montagnarde se détourna à gauche et ouvrit une porte dans le roc, nous la franchîmes et nous nous trouvâmes dans la grotte : elle est petite et ornée comme un boudoir que la nature aurait disposé là pour quelque nymphe ou quelque ondine. De ses parois arrondies descendent les girandoles des stalactites brillantes comme des bouquets de pierreries quand la flamme des torches, ou le soleil levant s'engouffrant par la porte, les illumine tout à coup. Quelques-unes de ces stalactites sont claires comme le cristal, d'autres opaques comme le marbre ; elles brillent de toutes les couleurs du prisme ; à chaque pointe pend une goûte d'eau, ainsi des larmes au bord de longs cils. Je regardais charmée cette jolie grotte ; j'aurais voulu y abriter une source thermale et m'en faire une salle de bain.

Le dimanche suivant, 15 août, c'était la fête paroissiale du village de Laruns ; toutes les voitures des Eaux-Bonnes, calèches, diligences, chars-à-bancs et toutes les montures, ânes, mulets, chevaux furent mis dès le matin en réquisition pour transporter les buveurs d'eau à la fête. De la calèche où j'étais assise, et qui roulait sur la route unie, je voyais défiler la foule riante des cavaliers et des piétons ; les villageois descendaient les sentiers fleuris des montagnes et arrivaient sur la grande route dont ils suivaient le bord. Les pittoresques costumes aux couleurs vives et où le rouge domine, se dessinaient sur la transparence de l'air et sur le bleu éclatant du ciel. Le village de Laruns est bâti au milieu d'un cercle de hautes montagnes ; quand nous y arrivâmes, les cloches battaient à toute volée et la procession sortait de l'église ; les jeunes filles portaient une bannière de la Vierge, peinture naïve et béate, s'étalant sur une moire bleue. Leurs têtes étaient couvertes du capulet béarnais en drap écarlate, doublé de damas amarante et posé carrément sur le front. Cette coiffure encadre le visage, laissant voir à peine quelques lignes des bandeaux plats et lisses ; la masse des cheveux est nattée en deux tresses qui pendent sur les épaules et dépassent le bord du capulet ; le corsage, ou corset, est serré à la taille ; il est en velours noir ou marron, orné par devant et autour de la ceinture de galons rouges s'alternant avec d'autres galons argentés ou dorés ; un fichu aux couleurs vives se plisse en forme d'éventail sur la poitrine et va croiser ses deux bouts derrière le corsage. Un cœur et une croix d'or sont suspendus au cou par un petit velours noir noué sur la nuque ; les deux jupes étroites en laine noire sont plissées menus vers le haut et garnies en bas d'un galon rouge ou bleu. Sur ces jupes se tend Un petit tablier en mousseline blanche orné de grosse dentelle ; les bas sont en laine blanche tricotés à côtes et s'étalent en forme de guêtres sur les souliers en peau noire. Les vieilles femmes portent le même costume, mais dans des couleurs moins éclatantes ; quelques-unes ont un capulet en laine blanche bordé de velours noir. Les hommes suivent la procession en costume national ; les uns ont à la main un cierge allumé, les autres un livre de prières ; ils portent tous un béret bleu, brun ou rouge ; les plus jeunes préfèrent cette dernière couleur. Le béret des hommes est bien plus seyant que le capulet des femmes. Au lieu d'emprisonner les cheveux il les laisse à découvert séparés en deux parts égales de chaque côté du front et flottants en boucles naturelles sur le cou.

La tête des Béarnais est intelligente et fine, leur taille élancée ; les hommes sont plus remarquables que les femmes, quoique celles-ci aient en général les yeux vifs et doux et les dents blanches. La veste courte et ronde que portent les hommes est en drap pourpre, elle flotte sur une culotte courte en étoffe de laine brune attachée au-dessous des genoux par des jarretières rouges à glands ; les bas en grosse laine blanche, comme ceux des femmes, descendent aussi en forme de guêtres sur des souliers de cuir. N'oublions pas la ceinture en laine rouge qui ceint les reins et flotte sur le côté gauche, et le gilet en molleton blanc qui laisse à découvert la chemise de toile d'un éclat marmoréen et dont le col bas et serré, brodé à points de chaînettes forme une espèce de carcan d'où s'élance la tête. Quelques vieillards et quelques bergers suivent la procession avec un manteau de laine blanche qui les enveloppe tout entiers ; ils s'appuient sur un long bâton en buis.

Le gros curé de Laruns et son desservant portent les croix et psalmodient des cantiques que les chantres de l'église, les enfants de chœur et les fidèles répètent sur des tons plus aigus. La procession parcourt les principales rues du village, fait le tour de la place, puis rentre à l'église. Aussitôt cette même place où jaillit une fontaine et où s'élève l'Hôtel-de-ville avec sa petite façade en arcades, se remplit de mouvement et de bruit ; toutes les fenêtres des maisons et des auberges regorgent de spectateurs ; on dresse un mât de cocagne où sont suspendus un gigot, un lapin, deux poulets et une montre d'argent ; on roule de chaque côté de la place deux gros tonneaux sur lesquels on place des chaises ; les ménétriers arrivent et se juchent au haut de cet orchestre champêtre.

Un ménétrier joue du tambourin, instrument à cordes tendues sur un carré de bois long et qui rappelle la lyre antique ; un autre souffle dans un flageolet, espèce de flûte dont il tire des sons aigus et clairs ; un troisième racle avec un archet court sur un petit violon. Les airs qu'ils jouent, et que quelques voix accompagnent sont lents et monotones ; ils on une solennité triste. Ce sont les mêmes, assure-t-on, que chantaient les montagnards de l'ancienne Gaule et qui les conduisaient aux combats. Le tambourin et le flageolet n'ont pas changé et ont traversé les siècles sans altération, mais le violon est un instrument moderne. C'est aux sons de cette musique grave et mélancolique que se forment les danses béarnaises ; elles participent des airs qui les dirigent ; ce sont des rondes tranquilles où les jeunes garçons et les jeunes filles tournent, les mains enlacées, avec des balancements calmes et mesurés ; jamais un pas précipité, jamais un bond joyeux, jamais un entrechat ni une pirouette ; à peine si les pieds des hommes se lèvent de terre et si ceux des femmes font flotter leurs jupons au ras de leur cheville ; c'est une sorte de danse sacerdotale et mystique.

Les femmes, sous leur capulet, sont sérieuses comme les femmes de l'Égypte sous leurs bandelettes ; il me semble que les danses de l'antique Thèbes devaient ressembler à ces danses basques.

On fait cercle autour de ces rondes si étranges ; on ne se croit plus en France, on s'imagine être tout à coup transporté au milieu de quelque peuplade ignorée. Le contraste des spectateurs et des indigènes ajoute encore à la singularité du tableau ; je reconnais là des actrices de plusieurs théâtres de Paris, des chanteurs de l'Opéra, des hommes politiques, des généraux, des princes et des princesses ; promeneurs ou malades sont venus en foule des Eaux-Bonnes et des Eaux-Chaudes pour voir cette fête des montagnes. Les toilettes parisiennes sont mêlées aux costumes béarnais ; le Panama heurte le béret rouge, l'Ombrelle marquise le capulet. Tandis que les jeunes danseurs continuent sans fatigue et à pas comptés leur ronde éternelle, de petits montagnards de huit à douze ans se hissent au haut du mât de Cocagne. Quand un enfant approche du but on entend de longues acclamations, mais toujours contenues ; on dirait que les paysans de ces contrées ont peur des cris ; la grandeur et la solennité des montagnes leur inspirent une gravité recueillie.

C'est un petit berger de dix ans, habitué à gravir jusqu'aux sommets des pics neigeux, qui décroche au faîte du mât le lapin et la montre : j'assiste à son triomphe de la fenêtre d'une chambre d'auberge où je suis allée m'accouder. Les danses continuent sans éclats de voix ; les cabarets sont pleins de buveurs silencieux dont on entend à peine le choc des verres. Le soleil se couche à ma gauche derrière les montagnes dont les cimes se perdent dans l'éther et qui semblent circonscrire la place comme les murs géants d'une citadelle formidable ; le ciel d'un azur profond forme une tente uniforme au-dessus de nos têtes.

Insensiblement la place se dépeuple de spectateurs ; les uns remontent en voiture, les autres à cheval ; on se reconnaît, on se salue, on repaît ensemble. Je ne sais pourquoi un impérieux désir de solitude me saisit en ce moment ; je reste là, seule à cette fenêtre ; la nuit claire et sereine fait scintiller ses premières étoiles, une brume blanche se répand au sommet des monts ; il me semble voir, au travers de cette espèce de suaire flottant, défiler le cortège douloureux des affections brisées par la mort et de celles, angoisse plus poignante, brisées par la vie ; elles prennent un corps visible, comme celui que l'on prête aux fantômes, et marchent là-haut devant moi aux sons de cette musique funèbre que les ménétriers engourdis font courir dans l'air. La nuit plus sombre enveloppe bientôt ma vision : je n'aperçois plus que le mouvement assoupi de la place où les danseurs continuent à tourner avec tranquillité. Je monte en voiture et reviens aux Eaux-Bonnes, frissonnante et morne. Chaque fête, chaque foule, chaque agglomération d'âmes que je traverse me laisse ainsi anéantie ou désolée.

Les jours suivants, je fis seule plusieurs promenades ; le temps était devenu brumeux et prêtait aux montagnes et aux vallées une nouvelle parure et de nouveaux aspects. Lorsqu'il avait plu le matin, et que le soleil brillait vers midi sur la vapeur bleuâtre qui montait des gorges profondes, ou eût dit une mer laiteuse couverte d'un prisme immense ; cette étendue fantastique formait la première zone du paysage au-dessus de laquelle s'élevaient les hêtres et les cèdres noirs recouvrant les plateaux des montagnes dont les sommets dénudés se détachaient dans l'air et se couronnaient de beaux nuages.

Montée sur un âne, qu'un petit guide de douze ans conduisait par le licol, je partis un jour après un orage pour visiter les cascades du Discoo et du Gros-Hêtre, dont la pluie, disait-on, avait, doublé l'ampleur et le mugissement. Je franchis d'abord le sentier tortueux conduisant de la terrasse de l'établissement thermal, à une des chutes du Valentin ; là même où j'avais rencontré le montagnard qui déposa sa hotte pleine de neige pour s'agenouiller au tintement d'un glas. Je m'arrêtai pour voir tomber avec furie le torrent blanc d'écume dont j'ai déjà décrit la course ; j'en suivis le bord à gauche dans un sentier difficile et ombragé ; les branches d'arbres, écartées par mon petit guide, m'aspergeaient, en retombant, de gouttes de pluie. Je traversai le pont jeté sur le Valentin et je longeai la pente inférieure de la montagne verte toute revêtue de larges pelouses et de petits champs cultivés. Je montai alors à la droite du Valentin ; bientôt je perdis de vue ce torrent, et m'avançant toujours vers le midi, je traversai les premières lignes d'un bois de cèdres qui se dressaient au-dessus de ma tête dans une tranquillité solennelle.

J'aurais voulu faire une halte sous ce bois, architectural digne de servir de théâtre à quelque belle scène d'amour ; mais mon guide m'avertit que nous avions pour plus de deux heures de marche avant d'arriver au torrent du Gros-Hêtre. Déjà j'entendais le murmure voisin de la petite cascade du Discoo qui semblait me convier à suivre ses bords ; je côtoyai bientôt une eau claire et peu profonde glissant sur un lit de rochers ; je franchis un petit pont de pierre et je vis le torrent s'étendre en écume argentée sur une sorte d'escalier formé par le roc ; un ruisseau qui vient en cet endroit se joindre au Discoo, grossit son cours sans le rendre plus bruyant. Je fis encore quelques détours dans le chemin sinueux et je me trouvai en face de la chute du Discoo ; la cascade descendait d'un bois épais et tombait dans un immense trou, au-dessous du pont, d'où elle rejaillissait en trois nappes bien distinctes.

Le paysage qui m'environnait n'avait pas d'horizon, c'était calme et triste ; la pluie commençait à tomber fine et légère comme la poussière du torrent ; elle répandait un ton morne sur cette solitude où, seule avec l'enfant qui me guidait, je semblais perdue dans les profondeurs des Pyrénées.

Les nuages sombres qui couraient sur la cime des monts m'annonçaient que l'orage allait éclater ; j'aurais voulu mettre mon âne au trot ; mais c'était impossible dans le sentier pierreux où nous cheminions. Mon petit guide marchait d'un pas ferme et rapide traînant toujours ma monture par le licol ; aussitôt que la route le permettait et traversait quelque pelouse et quelque terre plane, il courait à toutes jambes et l'âne était forcé de le suivre.

Nous avions laissé la montagne verte à notre gauche, derrière nous ; des collines à pentes plus douces, revêtues de buis, de prairies et de champs de maïs, lui succédaient ; çà et là les petites granges dont j'ai parlé et qui servent aux montagnards à abriter leur récolte dressaient leurs quatre murs gris et leurs toits rougeâtres. À gauche c'étaient des rochers plus abruptes, tapissés d'une végétation touffue à travers laquelle filtraient par intervalles de petites cascades qu'enflait en ce moment la pluie qui tombait. Je sentais mon manteau mouillé et l'humidité me faisait frissonner. Je demandai à mon guide si nous serions bientôt arrivés à la cascade du Gros-Hêtre, but de ma promenade.

– Encore dix minutes et nous y sommes, répliqua-t-il.

– Mais si la pluie augmente, comment ferons-nous ?

En ce moment un jeune montagnard à la taille souple et haute et à la figure rusée apparut derrière une haie.

– Si madame, me dit-il, après avoir vu la cascade, veut venir boire du lait chez moi, je vais lui en faire chauffer.

Et il montrait du geste une petite maison qui s'élevait à gauche sur un monticule.

– Non, pas de lait, répondis-je ; mais j'accepte un bon feu si vous voulez aller l'allumer.

Il répondit qu'il y courait, et, tandis qu'il s'élançait dans le sentier, nous nous dirigeâmes à gauche à travers champs pour gagner le bord du torrent dont nous entendions le mugissement voisin. Je dus bientôt mettre pied à terre, car mon âne enfonçait dans le sol amolli, puis il nous fallait traverser en piétons le courant d'eau qui bouillonnait sur un lit de rocs. Quand nous atteignîmes le bord, mes pieds étaient mouillés jusqu'à la cheville. L'enfant jeta sur la partie la plus étroite et la moins profonde du torrent une large planche de sapin qui reste là pour faire passer les voyageurs ; se mettant ensuite dans l'eau jusqu'au genou, il me dit de m'appuyer sur son épaule et d'avancer sans crainte.

Je marchai en chancelant un peu, car mes pieds mouillés glissaient sur la planche ; mais en quelques secondes je fus à l'autre rive, où je continuai à suivre mon petit guide dans un sentier tracé dans le roc, et où nous perdîmes de vue le torrent ; mais j'entendais sa voix formidable, et bientôt il m'apparut sublime, se précipitant, en face de moi, d'un rocher nu et perpendiculaire que couronnaient quelques arbres qui découpaient la dentelure de leurs branches sur le fond du ciel. La masse d'eau, en se précipitant de cette hauteur, retombait en nappe neigeuse dont la poussière froide jaillissait jusqu'à moi ; l'eau, pulvérisée, s'engouffrait à mes pieds dans un lit profond qui s'encaissait tout à coup et semblait se perdre au fond d'un passage étroit et sombre entre deux masses granitiques aux parois desquelles poussent quelques arbustes épars suspendus sur le gouffre ; on dirait deux murs gigantesques abritant le fossé d'une citadelle fabuleuse.

Je restais là perdue dans mon étonnement et me rappelant un lieu à peu près semblable que j'avais vu à l'île de Wight, seulement ici la cascade était mugissante et courroucée, tandis que dans les chine anglaises ce n'était qu'une eau tranquille qui glissait en nappe d'argent sur les parois de la montagne. Le site des Pyrénées l'emportait en grandeur sauvage. Éblouie par la beauté de ce tableau, je n'avais pas vu à mes pieds le tronc décapité du hêtre qui donne son nom à la cascade ; il était là étendant son squelette crevassé sur l'abîme : pas un rameau, pas une feuille ne restait au pauvre arbre ; c'était l'emblème de ce que nous devenons quand le tombeau a dissous nos chairs et notre chevelure. Ce grand débris d'arbre faisait mal à voir comme des débris d'ossements.

Je fus rappelée tout à coup à l'heure présente et à moi-même par un accès de toux violent et convulsif qui effraya mon petit guide ; je m'aperçus que la pluie avait pénétré mes vêtements et qu'il était temps de repartir. L'âne broutait paisiblement sur l'autre rive ; je traversai de nouveau le torrent sur la planche de sapin ; je grelottais de froid, et quand je fus sur ma monture il me sembla qu'un accès de fièvre allait me saisir. L'enfant, toujours courageux et attentif, se mit à courir dans le sentier, entraînant l'âne sur ses pas ; en quelques minutes nous fûmes devant la grange dont il poussa la petite porte basse.

– Eh ! quoi, personne ? lui dis-je en voyant la grange déserte au lieu d'y trouver le jeune montagnard que nous avions rencontré.

– J'ai deviné qu'il vous tromperait quand vous avez refusé son lait, me dit l'enfant.

– Eh ! pourquoi donc ?

– Parce que le lait ça se vend et le feu ça ne se vend pas.

Et tout en parlant il avait déjà réuni des branches sèches dans l'angle d'une petite enceinte de pierres qui précédait la porte de la grange. Il fit jaillir des étincelles de deux cailloux, alluma quelques feuilles mortes, souffla dessus avec ses lèvres, et bientôt la flamme s'éleva du bois pétillant. Il détacha le bât de l'âne et m'en fit un siège, où je m'assis en face de cet âtre improvisé ; cette chaleur bienfaisante me ranima ; je quittai mes chaussures mouillées, l'enfant enveloppa mes pieds dans sa ceinture de laine rouge et les posa sur un caillou chaud.

La pluie avait cessé de tomber ; mon manteau, mes bas et mes brodequins étalés auprès du large foyer flambant, séchèrent en quelques minutes ; le soleil d'août perça les nuages et mêla sa flamme à celle du feu qui me réchauffait ; je me hâtai bien vite de repartir, afin d'échapper à une nouvelle averse.

Mon petit guide, qui s'était montré si ingénieusement secourable et si attentif, m'intéressait, et, tout en repassant par les mêmes paysages que j'avais parcourus en allant, mais qui, au retour, me captivaient moins, je l'interrogeai sur sa destinée ; il était orphelin ; il n'avait pas connu son père ; sa pauvre mère travaillait à la terre, portait les fardeaux de foin et et de maïs coupés, ou les larges charges de bois mort qu'on allait butiner dans les forêts qui couvrent les monts ; un jour, il y avait de cela huit mois, elle fit un chemin trop long, toute courbée sous son fardeau trop lourd, elle prit une pleurésie dont elle mourut.

– Quand le prêtre l'eût administrée, me dit l'enfant, elle pleura beaucoup en m'embrassant ; elle me dit : « Fais comme les autres, mon petit, si tu souffres trop dans le pays, maintenant que tu n'as plus de mère, pars pour l'Amérique. »

– Pour l'Amérique ?

– Oui, madame, pour un endroit qu'ils appellent la Plata. Ils sont partis six cents il y a un an et il y en avait beaucoup d'aussi jeunes que moi.

– Quoi ! vous quitteriez ce beau pays, ces jolis villages, ces cascades, ces pics couverts de bois qui ont vu passer votre pauvre mère ?

– Et qui l'ont tuée, répliqua l'enfant avec tristesse ; à présent, madame, vous voyez la terre belle et gaie ; mais en hiver c'est autre chose, il y a bien de la misère ici pour le monde.

– C'est donc bien décidé, vous émigrerez, mon petit ami ? Il secoua la tête.

– Non, cela me ferait quelque chose ; puis un de mes oncles qui a été à la guerre, m'a dit que c'était mal de me laisser embaucher, et que ma mère avait le délire quand elle m'a dit de partir ; je resterai, et sitôt que j'aurai l'âge je me ferai soldat.

– Et en attendant ?

– Je continuerai à servir la femme qui loue les ânes et les chevaux quoiqu'elle ne soit pas trop bonne et nous mène aussi dur que ses bêtes. Cette nuit elle m'a fait promener, sur la route des Eaux-Chaudes, un cheval malade pendant quatre heures, parce qu'on lui avait dit que cela le guérirait ; quand je suis allé me coucher je tremblais la fièvre.

Tandis que mon petit guide me contait ses peines nous cheminions toujours vers les Eaux-Bonnes ; nous nous trouvions dans la partie la plus pittoresque de la route, lorsqu'au détour d'un grand rocher, qui nous dérobait le chemin, nous vîmes tout à coup devant nous une des plus belles étrangères des Eaux-Bonnes s'appuyant au bras d'un jeune homme. Rien dans leur attitude ne pouvait redouter la surprise, et cependant, en m'apercevant, la jeune fille devint pourpre comme un coquelicot ; elle me salua et m'adressa quelques paroles en balbutiant. Elle avait bien tort de me redouter ; je ne trouve rien de plus simple et de plus charmant que ces sympathies qui ont pour cadre les beautés de la nature.

J'arrivai un peu lasse, mais ranimée et ayant la certitude que mes forces revenaient.

Par une belle matinée d'août, je partis en riante compagnie pour aller visiter les Eaux-Chaudes ; nous dépassâmes Laruns, que nous laissâmes à gauche, et, un peu plus loin, aux confins de la vallée d'Ossau, entre deux hauts rochers, nous vîmes s'ouvrir au midi un corridor étroit et sombre, d'où s'échappait à flots précipités et bruyants le Gave qui descend de Gabas et du Pic-du-Midi. Nous suivions une route large taillée dans le roc et dominant le torrent encaissé dans des bords sauvages.

Bientôt s'offrit à nos yeux la longue et étroite vallée des Eaux-Chaudes. Ici plus rien des grâces que la nature étale sur les plans inclinés des collines des Eaux-Bonnes ; plus de pelouses fleuries, plus de champs d'un vert tendre, plus de petites cascades riant et gazouillant au soleil. L'eau qui se précipite des montagnes s'engloutit dans des gouffres sombres, et à droite et à gauche se dressent des monts perpendiculaires de deux ou trois cents pieds de hauteur, d'un ton gris zébré de noir, ayant à peine quelques sapins rabougris suspendus à leurs parois ; ces monts sont d'un aspect grandiose et sauvage, ils formeraient une belle décoration à quelque scène d'horreur.

À mesure que l'on s'enfonce dans cette gorge étroite on n'aperçoit plus qu'un pan du ciel servant de voûte à ce corridor formidable ; rien de sinistre comme ce défilé quand un brouillard gris s'y engouffre et se confond avec la masse des montagnes. Lorsqu'on sort de ce passage surnommé le Hourat (ou la gorge du précipice), on voit à gauche, du côté opposé au Gave mugissant, la montagne s'incliner tout à coup ; là se dessine une route qui descend obliquement comme une rampe. Avant que la nouvelle route ne fût percée, c'est par cette pente rapide que l'on pénétrait dans la sombre vallée. Primitivement il n'y avait qu'un sentier glissant tracé au bord d'effrayants précipices. Les anciens princes du Béarn, Marguerite de Valois, la Marguerite des Marguerites (sœur de François Ier), son mari Charles d'Albret, roi de Navarre, leur fille Jeanne d'Albret, reine de Navarre, femme d'Antoine de Bourbon et mère de Henri IV, Henri IV lui même, s'aventuraient à dos de mulet sur ces rocs ardus pour aller se baigner aux Eaux-Chaudes ; ils se logeaient dans des habitations rustiques et souvent improvisées, et se plaisaient durant l'été au milieu de ces sévères beautés de la nature. C'est peut-être à son long séjour dans les Pyrénées que la Marguerite des Marguerites a dû d'être poète.

Au sommet de la route abrupte dont je viens de parler, on aperçoit les ruines d'un oratoire ; les voyageurs s'y arrêtaient autrefois pour remercier la Vierge de bon Secours. Le vieux chemin traversait ensuite le Gave sur un pont étroit appelé le Pont des Chèvres ; c'est le point de jonction où la nouvelle route se fond avec l'ancienne et continue à côtoyer la rive droite du torrent. Nous avions passé le lugubre et majestueux défilé, la vallée s'élargissait un peu, et, quoique toujours bornée par des monts gigantesques dont les cimes touchaient les nuages, elle perdait de son aspect désolé. Quelques cultures apparaissaient ; insensiblement les montagnes s'abaissèrent du côté du levant, encadrant un bassin de verdure. Un groupe de maisons se dressa devant nous ; nous étions arrivés au petit village des Eaux-Chaudes. Vingt ou trente maisons se penchent sur la rive droite du Gave. Parmi elles sont quelques beaux hôtels et l'établissement thermal d'un aspect beaucoup plus monumental que celui des Eaux-Bonnes. Nous nous arrêtâmes à l'Hôtel de France ; nous mimes pied à terre et nous allâmes explorer les promenades creusées, à force de travail et d'art, au sein de ces roches énormes.

Au delà du village est la Promenade d'Henri IV, où de beaux arbres abritent des bancs. Plus loin, sur le plateau d'une colline verdoyante qui forme la base de la montagne, circule la Promenade de Minville ; une fontaine qui jaillit du roc murmure sur des pelouses ombragées. Nous marchons dans un labyrinthe ombreux ; c'est comme une oasis riante cachée au milieu d'un chaos de masses granitiques. Nous franchissons un plan plus élevé de la montagne de l'autre côté du Gave, et nous suivons des sentiers s'enroulant comme de longs serpents, qui s'appellent la Promenade d'Argout.

De là nous dominons tout le bassin des Eaux-Chaudes, empreint d'une mélancolie grandiose. Un courant d'air froid siffle sur nos têtes ; il descend du pic du Midi et s'engouffre dans le long canal de l'étroite vallée ; son mugissement se mêle à celui du Gave : ce sont comme deux grandes voix douloureuses se répondant ; comme deux sanglots pleurant sur ceux qui passent. Hors ces bruits, tout est tranquille et morne aux Eaux-Chaudes ; ni fêtes ni cavalcades comme aux Eaux-Bonnes ; les femmes qui viennent y boire les eaux, ou s'y baigner, n'y étalent pas de toilettes parisiennes ; il n'y a là que des malades mourants, ou ceux qui, vraiment désenchantés des choses de ce monde, n'aiment plus qu'une solitude absolue.

La route d'Espagne, qui borde la vallée, égaie pourtant un peu ce paysage mortuaire ; de temps en temps on voit défiler des mules espagnoles qui agitent leurs grelots ; elles sont chargées de ballots de marchandises et enfourchées par des marchands aux costumes pittoresques qui vont et viennent d'Espagne en France et de France en Espagne ; ils chantent en éperonnant leurs montures. D'autres fois, la route est sillonnée par les troupeaux que des bergers en manteau de laine blanche conduisent sur les hauteurs où s'abritent de nourrissants pâturages. Après ces courtes excursions, nous nous hâtâmes de regagner l'hôtel, où nous trouvâmes devant la porte des ânes robustes pour les plus timides d'entre nous et de petits chevaux basques pour les plus hardis. Nous partîmes pour aller visiter la Grotte des Eaux-Chaudes ; un guide portant des torches et une grosse clef nous précédait. Sur la montagne qui forme le rempart oriental de la vallée se dessine un sentier grimpant au travers de pentes raides mais accessibles ; nous rencontrions, çà et là, quelques bouquets d'arbres et des touffes d'arbustes ou de plantes.

À mesure que nous montions, l'air devenait plus vif ; nous nous étions tous munis de chauds manteaux de voyage dont nous dûmes nous envelopper ; après trois quarts d'heure de marche, l'approche de la grotte nous fut révélée par le bruit d'un torrent s'échappant de la grotte même et qui retombe en cascade bruyante. Nous entrâmes par une porte creusée dans le roc et sur le seuil de laquelle le guide alluma des torches et des flambeaux ; la grotte s'éclaira de lueurs fantastiques, et nous y pénétrâmes en côtoyant les bords du torrent ; nous eûmes alors devant nous un merveilleux spectacle : les lueurs projetées sur la voûte et sur les parois de cette grotte immense en détachèrent en saillie les colonnes et les arceaux qui se déroulaient devant nous. On se fût cru dans une crypte du moyen âge ; le bruit de la chute d'eau ressemblait au gémissement de l'orgue. Tandis que nous avancions, la grotte s'élargissait, et les jets de lumière que nous y répandions changeaient les stalactites humides en autant de girandoles aux feux de couleurs. Le froid pénétrant que l'eau toujours jaillissante répand dans cette enceinte ne permet pas de s'y arrêter longtemps. Nous en sortîmes tout frissonnants, et l'air du dehors nous parut brûlant.

De retour aux Eaux-Chaudes, nous remontâmes bien vite en voiture pour arriver avant la nuit à la Vallée de Gabas. Nous traversâmes le pont d'Enfer jeté sur le Gave aux rives sinistres ; là, les ondes tumultueuses ont des mugissements plus formidables ; on dirait l'embouchure du fabuleux Achéron. Nous étions toujours emprisonnés entre deux hautes chaînes de montagnes dont l'aspect variait à mesure que nous avancions ; elles formaient d'abord des gradins escarpés étalant leurs roches nues ; plus loin, elles se dressaient en terrasses supportées par des assises de granit et toutes revêtues de draperies de verdure ; c'étaient ensuite des masses informes que le froid et la foudre semblaient avoir dénudées ; à ces roches pelées en succédaient d'autres couvertes de forêts de hauts sapins dont les têtes noires se découpent sur la transparence de l'air ; les plus vieux sont tombés aux pieds des autres, abattus par la main du temps ou l'emportement de l'avalanche ; ces bois sombres sont zébrés de grandes lignes d'argent, formées par de petits torrents écumeux qui bondissent des hauteurs jusqu'à la base de la montagne. C'est là une partie des Pyrénées vraiment sublime.

Nous voici arrivés au petit hameau de Gabas, composé de cinq à six maisons bâties sur le bord de la route ; plus haut sont deux auberges et un bureau de douane française. La vallée des Eaux-Chaudes se partage ici en deux gorges : l'une s'ouvre à droite et mène au Pic du Midi ; elle suit d'abord de vertes collines où les pins s'échelonnent ; l'autre gorge, aux roches plus nues, va directement en Espagne ; je m'élançais en pensée sur ces routes diverses : toutes deux me sollicitaient et m'appelaient ; j'aurais voulu aller au moins jusqu'au pied de ce terrible Pic du Midi dont le jeune duc de Montpensier fit l'ascension en 1840 et qu'aucune femme n'a jamais pu gravir. Du côté de l'Espagne, j'aurais voulu parvenir jusqu'à ce fort merveilleux d'Urdoa, perché sur la cime des monts les plus escarpés de la vallée d'Aspe, et dont les tourelles, les créneaux et les mâchicoulis semblent taillés à même le roc. Ce fort a une garnison française, et dans l'ouverture de ses meurtrières tournées vers l'Espagne sont braqués des canons chargés.

Tandis que je caressais du regard ces deux routes béantes qui semblaient me dire : Tu n'iras pas plus loin ! mes compagnons de route s'étaient fait apporter des fruits et du vin de Malaga au bord du petit torrent qui changeait en presqu'île une des auberges de la route. Cette auberge était tenue par une grande et grosse paysanne béarnaise dont la stature me frappa d'autant plus que presque toutes les femmes basques sont petites et mignonnes. Mais cette femme appartenait à une autre génération. Elle avait quatre-vingt-dix ans ; son œil était resté vif, à peine si son front s'était ridé sous ses épais cheveux blancs enveloppés du capulet rouge ; quand elle riait, elle montrait toutes ses dents jaunies, allongées, mais entières ; elle avait vu passer bien de gros personnages, disait-elle. Du plus grand nombre, elle avait oublié le nom, mais elle se souvenait, comme si c'était hier, de Bernadotte qui, assurait-on, était devenu roi ; – de la fille de Marie-Antoinette, au visage triste et sévère, qui semblait n'avoir jamais ri ; – du petit duc de Montpensier, un beau gars, ma foi ! – de Rachel, qui lui donna un louis double ! – Et elle ajoutait, comme pour nous encourager à la bien payer, qu'elle se souviendrait aussi de nous !

Le soleil se couchait sur les plus hauts sommets qu'il empourprait de teintes magnifiques ; la nuit vient vite dans ces gorges de montagnes.

Nous remontâmes en voiture et regagnâmes les Eaux-Chaudes. À mesure que nous avancions du défilé sombre le vent s'y engouffrait glacial ; je m'enveloppai dans mon manteau ; je me blottis au fond de la calèche, et tandis qu'on causait autour de moi, je pensais aux excursions que je pourrais faire seule les jours suivants. Arrivés aux Eaux-Chaudes, nous changeâmes de chevaux et franchîmes à toutes brides la distance qui nous séparait des Eaux-Bonnes.

Je dormis d'un long somme après cette journée de fatigue, ce qui me fit obtenir du docteur l'autorisation de continuer mes promenades.

J'aurais voulu comme au temps déjà lointain de l'adolescence, lorsque je franchissais au galop le bois ombreux et séculaire de la Sainte-Beaume, m'élancer sur un bon petit cheval basque et suivre dans ses excursions hardies et pittoresques la princesse Vogoridès ; mais c'était bien impossible ; les forces du corps ne secondaient pas l'élan de l'esprit ; je devais me contenter de l'âne paresseux et parcourir lentement dans une journée l'espace que d'autres traversaient au vol en quelques heures.

J'ai dit en décrivant les promenades Grammont et Jacqueminot, mon désir très-vif de visiter jusqu'au sommet les belles forêts du mont Gourzy.

Un matin je me fis amener un âne sur le petit monticule où s'élève l'établissement thermal, je demandai une chaise pour n'avoir pas à m'élancer sur ma monture ; je croyais que le guide tenait cette chaise d'une main ferme sur les inégalités du roc ; mais comme j'y mettais le pied le guide lâcha la chaise et je fus lancée sur les pierres tranchantes. J'eus une sensation horrible ; il me sembla que mes entrailles sortaient et que ma vie s'échappait avec elles. Puis je n'eus plus aucune perception de ce que je devenais et de ce qui m'entourait ; j'étais tombée dans une syncope complète. Quand je revins à moi j'avais une blessure profonde à l'aine et d'affreuses meurtrissures noires. Les compresses froides dont on m'avait enveloppée me rendirent ma toux ; tout mon mal semblait revenu ; je retombai dans les langueurs funèbres des premières jours, plus douloureuses et moins résignées.

L'intérêt empressé de la petite population des Eaux-Bonnes et de tous les étrangers distingués qui y restaient encore, s'attacha à ma souffrance, et à chaque pas que je faisais en me traînant dans la campagne quelque bonne parole venait à moi ; je reçus les soins les plus assidus de l'excellent docteur Briau, de M. Liouville et de M. Jules Joannet, ancien élève de l'École polytechnique et professeur à l'École navale de Brest. Ce dernier me distrayait durant mes heures d'inaction par ses attrayantes causeries. Mais chaque jour la vallée des Eaux-Bonnes se dépeuplait ; tous les buveurs d'eau étaient partis ; je restais une des dernières. Je comptais les jours, je me demandais avec anxiété quand je pourrais supporter la voiture. La nature bienfaisante me vint en aide ; le temps qui avait été presque froid dans les derniers jours d'août, devint chaud et radieux durant la première quinzaine de septembre. Je passais les journées étendue au soleil sur un lit de bruyères roses ou de buis ; les effluves de chaleur qui émanaient des bois et des ravins murmurants étaient pour moi comme un bain salutaire qui rendait l'élasticité à mon corps brisé. Lasse de l'immobilité où mes jours s'écoulaient, je résolus d'essayer mes forces et de partir pour Bayonne.

Il était quatre heures du matin, l'aube naissante enveloppait les Eaux-Bonnes d'une blancheur nacrée ; des maisons endormies au pied des monts ne s'échappait pas une voix ; c'était le calme et la sérénité de nos beaux cimetières parisiens. Après avoir embrassé la jeune et jolie Amélie, une petite servante béarnaise qui m'avait soignée durant mon séjour aux Eaux, je montai dans le coupé de la diligence ; le conducteur fit claquer son fouet, et les chevaux descendirent au galop la grande route des Eaux-Bonnes.

Le jour se levait rose et chaud sur les montagnes qui ressemblaient à de grosses masses d'albâtre ; des lueurs douces enveloppaient la terre, dont le soleil en montant à l'orient éclaira par degrés les plans variés. Quand nous traversâmes Laruns et Bielle, le paysage était encore couvert d'une teinte indécise ; il s'éclaira bientôt et tout sembla rependre la vie et le mouvement sous l'influence de la lumière. Dans les villages où nous passions, les animaux domestiques faisaient entendre leurs voix mêlées, parmi lesquelles le coq jetait des notes claires. C'était un dimanche ; déjà les paysannes et les paysans béarnais, vêtus du costume national, apparaissaient sur le seuil des portes ; ils se rendaient à la messe matinale ; d'autres descendaient des montagnes et se détachaient pittoresquement devant nous sur les hauteurs.

Nous entrâmes dans la Vallée d'Ossau, et je pus admirer de plus près cette admirable chaîne de montagnes que domine le Pic du Midi ; il se dressait dans le ciel, baigné par les teintes roses du matin. Sur les monts moins élevés, et que nous rasions de plus près, nous distinguions, des champs cultivés, des prairies d'un vert printanier et çà et là quelques petits villages ; dans les parties plus planes de la vallée s'élevaient des bourgs plus considérables avec leurs blanches maisons et leur église à clocher pointu.

J'embrassais avec ravissement l'ensemble de cette vallée célèbre que nous traversions à vol d'oiseau ou, pour parler plus juste, au galop d'une diligence ; bientôt les hautes montagnes disparurent derrière nous, mais nous en saisîmes longtemps encore la grande silhouette qui se détachait très-nettement dans l'air. La température était d'une tiédeur sicilienne ; je souffrais très-peu et je m'oubliais d'ailleurs dans la contemplation de la nature. Arrivée à Oléron, où nous changeâmes de chevaux, je m'aperçus que ma blessure s'était rouverte, et j'eus grand peine à descendre de voiture.

Par un de ces hasards, qui deviennent un vrai bonheur en voyage, j'avais pour compagne de route une femme parisienne du même monde que moi, aimant les arts et la littérature, et qui me combla des meilleurs soins ; son mari était en troisième dans le coupé ; mais, pour nous laisser plus à l'aise, il monta sur l'impériale à côté du conducteur.

Oléron me parut une petite ville ancienne et pittoresque ; elle est entourée de remparts et de fossés regorgeant de végétation d'un très-heureux effet. On rêve là quelque scène du moyen-âge. Nous déjeunâmes rapidement et nous sortîmes d'Oléron au galop de quatre chevaux aiguillonnés par le feu de l'avoine qu'ils avaient mangée.

Après Oléron, la campagne est parfaitement cultivée ; on devine l'aisance et même la richesse dans ces champs fertiles ; plus de landes, plus de ravins stériles, mais aussi plus de ces accidents de terrain magnifiques, plus de ces gorges sauvages, plus de ces monts majestueux qui composent dans les Pyrénées de si sublimes paysages. Hélas ! ces chères Pyrénées, auxquelles je m'étais attachée comme je le fais à tout ce qui m'émeut par une grandeur quelconque, s'étaient perdues dans le lointain ; je me demandais quand je pourrais contempler encore leurs cimes disparues !

Le sol qui se déroulait devant moi me paraissait d'une ennuyeuse monotonie ; il était pourtant montueux et accidenté, mais qu'était-ce auprès de la beauté des grands paysages évanouis ? Nous traversâmes un village très-riant dont le nom m'échappe ; sur une belle promenade ombragée de platanes, des paysans en jaquette et en béret de laine bleue jouaient aux boules ; un groupe de jeunes filles endimanchées les regardaient, curieuses, appuyées aux troncs des arbres. Sur le seuil des maisons, quelques femmes assises allaitaient des enfants ou gourmandaient leurs cris tout en les enroulant dans ces longues sangles qui font penser aux bandelettes dont on enveloppait les momies d'Égypte.

Nous entendions un chant d'église triste comme un Miserere, la cloche tintait dans l'air ; quand la diligence déboucha sur la petite place où était l'église qu'entourait un étroit cimetière couvert de hautes herbes, nous vîmes sur les tombes quelques vieilles femmes agenouillées ; elles répétaient un psaume entonné par un vieux prêtre en surplis blanc qui bénissait une bière. Je vois encore les profils ternes de tous ces pauvres vieux visages bistrés se détachant sur le mur gris de la petite église gothique. Quel affaissement dans toutes ces physionomies ! c'était comme la pétrification d'une détresse native.

Nous arrivâmes bientôt sur une hauteur où le paysage se développait dans un horizon immense. À notre gauche était le bourg de Bidache dont toutes les terres environnantes formaient autrefois la principauté de Bidache, appartenant aux anciens ducs de Grammont ; à droite une colline boisée servait de base aux magnifiques débris du château suzerain. J'ai peu vu de ruines d'un aspect plus grandiose ; des draperies de lierre se suspendent aux arceaux, aux portes, aux fenêtres béantes où, par un effet merveilleux, s'engouffrait en ce moment la lumière du soleil ; on eût dit une illumination soudaine faite à souhait pour le plaisir des yeux. Nous fîmes arrêter un instant la diligence afin de mieux voir ce tableau magique ; j'en ai conservé un souvenir si vif que je pourrais en dessiner tous les détails.

Nous rencontrâmes encore quelques villages et quelques châteaux pittoresques ; mais insensiblement le sol prit une teinte uniforme : ce n'étaient plus que landes et monticules entièrement revêtus de fougères ; la route poudreuse et blanche tranchait sur cette immense couverture verte déroulée à perte de vue. Tout en causant de Paris et des Pyrénées, que nous venions de quitter, avec ma compagne de route, nous ne pouvions nous empêcher de répéter de temps en temps en regardant l'étendue monotone : Encore, encore, des fougères ! La plante dentelée envahissait la route et souvent montait touffue jusqu'à la portière de la voiture. Le ciel était d'une extrême limpidité, aucunes masses de nuages ou de montagnes ne le coupaient. C'en est donc fait, pensai-je, je n'entreverrai plus ces monts gigantesques qui séparent la France de l'Espagne ! Mais tout à coup du sommet d'un tertre, aussi tapissé de fougères, et sur lequel la route passait, nous aperçûmes au loin, au sud-ouest, comme une chaîne de rochers qu'illuminait l'incendie sublime d'un soleil ardent. Étaient-ce de véritables rocher ou seulement des bancs de nuages amoncelés à l'horizon ? Nous doutâmes un instant ; mais bientôt la chaîne lumineuse se dessina plus nette et plus en relief, la flamme du ciel caressait ses contours sans s'y confondre. C'était bien certain, nous avions devant nous la chaîne occidentale des Pyrénées, dominée par les deux pointes aiguës du pic de la Rhune que couronnaient en cet instant deux diadèmes de lumière. Quel fond de tableau à Bayonne, la ville frontière, la ville forte et riante dont nous approchions !

Les éternels champs de fougères avaient cessé ; des terres cultivées, de jolies maisons de campagne, de belles avenues annonçaient la capitale du pays basque si pimpante et si gaie ; bientôt elle nous apparut avec sa première ceinture de grands arbres et sa majestueuse cathédrale gothique qui se détachaient sur le ciel. Nous franchîmes l'enceinte de remparts, de bastions, de fossés et le pont-levis d'une des portes voûtées ; à ce pont pendent de lourdes chaînes d'un fer poli comme de l'acier ; des groupes de soldats en uniforme et l'arme au bras apparaissent en relief sur le fond gris des pierres. Nous voilà dans une place d'armes ; mais tout chante et tout rit autour de nous, et l'on sent bien que la guerre et ses horreurs ne menacent pas ces fortifications formidables.

Après les avoir passées, la ville apparaît gracieuse comme une nymphe qui sort des eaux, au bord de ce beau fleuve, sillonné de navires et qui va se jeter à la mer à quelques lieues de là. La Porte de France, une sorte d'arc monumental soutenu par quatre colonnes, est la principale entrée de Bayonne. Cette porte s'élève au débouché du pont qui relie la petite ville de Saint-Esprit à Bayonne ; des corps-de-garde, crénelés dans le même style que les fortifications, défendent l'entrée de pont. Saint-Esprit est, pour ainsi dire, le faubourg de Bayonne ; c'est une ancienne colonie juive d'origine espagnole. En 1495, un édit de Ferdinand et d'Isabelle expulsa les Juifs de l'Espagne entière ; ils se réfugièrent alors en Portugal, mais, contraints bientôt de s'en éloigner, ils passèrent les Pyrénées vers l'année 1500. À peine les tolérait-on sur le territoire français, où ces débris d'une grande race traînèrent, comme sur toute la terre, une vie d'humiliations et de sacrifices. Parqués dans le voisinage de Bayonne, ils ne pouvaient pénétrer dans la ville une fois le soleil couché, et, ainsi que l'avait décidé le concile d'Arles, ils portaient, comme signe d'infamie, une roue de drap jaune sur leur habit et une corne à leur bonnet. Il leur fut défendu d'établir des comptoirs et des boutiques à Bayonne d'où on les pourchassait à coups de pierre. Leur industrie et leur persistance triomphèrent de toutes les entraves ; peu à peu ils élevèrent leur petite cité et s'y enrichirent de génération en génération. Aujourd'hui, le bourg juif de Saint-Esprit est animé et bruyant, et ne s'humilie plus devant la ville dominatrice. Cependant des antipathies de race subsistent encore, mais sans querelles, et surtout. Dieu merci ! sans persécution. La nouvelle synagogue de Saint-Esprit, un monument d'assez mauvais goût, est adossée à la gare du chemin de fer. Le chemin de fer est le symbole du mélange de toutes les nationalités et de toutes les croyances !

Autrefois, c'était un pont de bateaux qui reliait le bourg de Saint-Esprit à Bayonne ; ce pont flottant ondulait, se balançait et parfois même avait des bonds effrayants lorsque la mer houleuse venait grossir le fleuve à la marée montante, ou bien lorsque le fleuve lui-même, grossi par ses nombreux affluents, se précipitait, à la fonte des neiges, vers son embouchure. Sur la longueur de cette route mouvante, qui craquait et gémissait sans cesse, s'étendaient trois rangs de fortes solives formant trois routes distinctes ; celles du milieu divisée en deux pour l'aller et le retour des montures et des attelages et celle de chaque côté pour les piétons. Le mouvement qui régnait sur ce pont primitif était inouï, c'était comme une veine énorme d'où s'échappait la vie joyeuse et affairée du peuple basque. Les fumeurs s'y promenaient, les porteurs d'eau s'y précipitaient à la file allant à Saint-Esprit puiser l'eau d'une fontaine renommée ; des bandes de Juifs accouraient à Bayonne à l'heure de la Bourse ; des réfugiés espagnols passaient gravement enveloppés dans leurs manteaux sombres ; puis, venaient des Basques dans leurs costumes pittoresques, des jeunes filles agaçantes vêtues à la béarnaise, et d'autres portant sur leurs noirs cheveux le fichu coquettement noué vers l'oreille. En quelques heures, sur ce vieux pont, trop étroit pour le mouvement des deux villes, défilaient tous les types de cette population mêlée des frontières de France et d'Espagne.

On se prend à regretter ce pont si pittoresque, comme quelques Parisiens regrettent encore la vieille galerie de bois du Palais-Royal.

Aujourd'hui le large pont de pierre est moins encombré. Après avoir franchi la porte de France qui le domine du côté de Bayonne, on laisse à gauche la ville vieille, d'où descend la Nive, rivière qui se jette dans l'Adour, près du pont Majon. Là est le port où sont amarrés, sur trois ou quatre de front, les lougres, les biscayennes, les polacres, les flambarts, les chasse-marée, les bricks, les goëlettes et les trois-mâts du commerce bayonnais et de tout le golfe de Gascogne. Rien ne me plonge dans une rêverie agitée comme un amas de vaisseaux : les uns arrivent, les autres partent. Je voudrais connaître les aventures de ceux qui reviennent et m'élancer avec les autres vers les pays lointains. J'aime à causer avec les matelots, voire avec les mousses, et à ressaisir leurs pérégrinations dans les lambeaux de leurs souvenirs.

La file des navires s'étend sur l'Adour, élargi par la Nive, le long du Quai de la Douane, de la grille de la Place d'Armes et d'une partie des belles allées marines dont je reparlerai. De ce côté est la ville neuve avec ses monuments entourés de galeries en arceaux : le théâtre, l'hôtel de la Douane et la sous-préfecture se trouvent là réunis ; puis vient la place Grammont (le nom des Grammont est partout dans le Béarn). C'est sur cette place et sur la Place d'Armes, entourées de cafés où l'on boit, où l'on chante, que se pressent le dimanche les promeneurs bayonnais.

Au moment de notre arrivée tout est en fête sur ces deux places, la musique de plusieurs régiments exécute des symphonies ; les officiers de la garnison et les bourgeois de la ville se promènent donnant le bras à des femmes élégances. Les Espagnols et les Basques passent dans leurs costumes nationaux ; de beaux enfants s'ébattent en riant ; les grisettes pimpantes s'avancent par groupes avec leur robe de couleur claire, leur petit fichu en soie ou en dentelle croisé sur le sein et leur coiffure provoquante et coquette qui se compose d'un autre fichu rose, bleu ou pourpre formant une sorte de petite calotte plissée qui recouvre à peine le chignon et dont les deux bouts noués flottent sur l'oreille gauche ; les courts cheveux frisés de la nuque sont à découvert ; le cou s'élance tantôt comme une colonne d'albâtre, tantôt comme une colonne de bronze florentin agitant les pendeloques d'or ou les poires de corail espagnol. Elles rient aux éclats, les jolies grisettes ! les unes pour montrer leurs dents perlées, les autres sans songer à rien qu'à épancher leur gaîté naturelle. Du reste, dans cette belle ville méridionale la gaîté est dans l'air, dans le ciel bleu et chaud, dans les navires pavoisés ; dans les chants et les danses castillanes qui se forment le soir ; dans la bonne humeur des habitants, dans les cris des enfants, enfin dans toute l'exubérance de vie qui se répand au dehors.

Nous tournons à gauche de la Place d'Armes et nous arrivons dans la rue du Gouvernement ; c'est une voie très-large bordée d'arbres où se trouvent les voitures pour l'Espagne et les omnibus pour Biarritz ; mais avant de me rendre à la mer dont l'attraction est si puissante pour moi, qui

Ainsi qu'un Alcyon le jour où je suis née
Embrassai du regard la Méditerranée,

je veux visiter la cathédrale et parcourir les allées marines. – Vue à distance, la cathédrale paraît merveilleusement conservée ; mais à mesure qu'on s'en approche, on découvre les dégradations qu'a subies ce magnifique monument du treizième siècle.

Un riche habitant de Bayonne a légué en mourant une rente de 40, 000 francs pour la restauration de cette belle église. Jusqu'ici rien n'a été fait : l'incurie méridionale persiste ; des échoppes de cordonniers et de marchands de vin sont toujours adossées aux murs. Le cloître est un des plus vastes et des plus précieusement sculptés que j'aie jamais vus ; mais toutes ces belles fleurs gothiques qui sortent des chapiteaux et des ogives sont ébréchées. Le clocher est resté inachevé, il est lourd et trapu ; je monte au haut de la galerie qui le domine, et une vue admirable s'étend autour de moi : au midi, c'est la chaîne occidentale des Pyrénées d'où s'élance dans le ciel bleu le pic de la Rhune ; la route d'Espagne, qui se fend bientôt en deux branches, dont une, la route de Biarritz, se déroule dans la même direction ; à l'orient circule au sein de la campagne basque le double cours de la Nive et de l'Adour qui viennent mêler leurs eaux sous les murs de Bayonne ; à l'occident, les longues Allées marines se déploient dans le sens de l'embouchure du fleuve ; on découvre au loin les dunes de la mer ; le phare, du côté de Biarritz, les toits du village de Boucan, où les navires qui partent de Bayonne vont attendre que le vent leur soit favorable et que la fameuse barre du golfe de Gascogne leur livre passage. C'est au village de Boucan que commencent les merveilleuses jetées qui conduisent l'Adour à la mer. Ces travaux gigantesques furent commencés au seizième siècle ; Vauban les continua et l'on y a travaillé jusqu'à nos jours ; mais quoiqu'on ait pu faire on n'est point parvenu à maîtriser cette barre redoutable que forment à l'embouchure de l'Adour les montagnes de sable amoncelées par l'Océan.

Le cours précipité du fleuve ne peut franchir cette frontière qui le défie ; grossi par les pluies et par la fonte des neiges, et poussé par le vent de terre, il déplace parfois les masses formidables qui obstruent son passage, mais la mer les ramène quelques heures après. Le flux monte, la rafale souffle du large, les flots déferlent sur la barre avec une fureur retentissante. On ne distingue plus le fleuve de la mer ; c'est un soulèvement et un chaos de sable écumant et liquide, où les galets sous-marins sont lancés par la tempête jusqu'à la crête des flots. Alors nul effort humain ne saurait surmonter l'obstacle et nul vaisseau ne pourrait tenter d'arriver à l'Océan sans être mis en pièces.

Lorsque la mer a été calme durant plusieurs jours et que le cours du fleuve a pu creuser un passage où ses eaux s'écoulent, les vigies font des signaux pour avertir les navires dans l'attente. Ceux-ci accourent rapidement se grouper auprès de la barre ; un canot part du rivage de Boucan, conduit par huit rameurs à chemises rouges ; il s'arrête sur la passe même, et un homme en uniforme, assis au gouvernail, s'assure de l'état de la passe et en mesure la profondeur. Après quoi il jette l'ancre à l'une des extrémités et arbore un pavillon rouge. Aussitôt le remorqueur, dont la force est de cent vingt chevaux, s'avance, conduisant à la file deux ou trois navires ; d'autres suivent, guidés par les lamaneurs de Boucan, puis d'autres s'abandonnent au hasard.

Le premier navire s'approche de la barre ; il s'élève, plonge, s'arrête un instant, s'élance et passe au delà ; la barre est franchie ; les remorqueurs quittent le navire qui déploie ses voiles et gagne le large. Tous les vaisseaux grands et petits le suivent aux acclamations de la foule qui se presse sur les deux rives.

Il y a bientôt un demi-siècle qu'un homme, qui n'était pas le chef du pilotage, monta dans la canot des lamaneurs et voulut sonder lui-même la profondeur de la passe ; la barre grondait avec furie, mais cet homme semblait défier les éléments. Au large sur les flots bleus de la mer se dessinait la frégate la Comète ; l'homme qui venait de sonder la passe ne lui avait trouvé que quinze pieds et demi ; tous les pilotes et tous les officiers de marine furent d'avis que la frégate ne pourrait passer.

– Elle passera ! s'écria celui dont la volonté semblait en cet instant commander aux hommes et aux flots.

Et il ordonna le signal.

Aussitôt la Comète accourut. Elle subit un choc terrible, une partie de sou équipage fut renversée ; mais, la passe franchie, elle remonta triomphalement l'Adour, portant, debout sur son pont, l'aventureux pilote, qui était Napoléon.

Tandis que j'évoquais ce souvenir du haut du clocher de la cathédrale de Bayonne, le soleil commençait à décliner au couchant, rougissant de sa pourpre la cime des vieux ormes des Allées marines, et jetant ses chaudes lueurs sur le rivage de la mer, qui se confondait en cet instant aux dernières limites de l'horizon. Je me hâtai de redescendre, car je voulais être rendue à Biarritz avant la nuit. Pendant qu'on disposait dans la rue du Gouvernement la voiture qui devait me conduire, je retraversai la place d'Armes, je passai sous la voûte d'une porte à bastions, et je me trouvai au bord de l'Adour. Le fleuve coulait à ma droite ; à ma gauche était un quinconce formé par de grands arbres, au milieu duquel s'élevait un arc-de-triomphe en feuillage, pavoisé de drapeaux ; cet arc avait été dressé quelques jours auparavant pour le passage de l'Empereur et de l'Impératrice ; en face de moi se déroulaient avec leur triple ligne d'arbres centenaires les sombres Allées marines. Je me plongeai quelques instants sous leurs longs arceaux ; j'aurais voulu aller jusqu'à la mer en suivant cette route magnifique ; mais la mer m'attendait aussi à Biarritz, et j'y étais attendue. Je regagnai la voiture, le cocher fouetta ses chevaux, et après avoir franchi la citadelle et les talus, nous nous précipitâmes au galop sur la belle route d'Espagne.

Elle est large et royale, cette route mémorable où tant de souverains et de héros ont passé, sans compter les femmes que le trône ou l'amour ont rendues célèbres. Elle a été parcourue par Louis XI couvert de ses habits sombres qu'ornaient des médailles de plomb : les brillants seigneurs espagnols riaient de ces vêtements, sans se douter qu'un grand politique se cachait sous cette enveloppe bourgeoise ; elle a vu accourir la Marguerite des Marguerites qui allait visiter son bien-aimé frère François Ier prisonnier à Madrid ; elle a vu revenir ce roi délivré et le suivre bientôt après la reine Eléonore de Portugal qui devint sa femme. Charles IX et Catherine de Médicis passèrent par là pour aller concerter avec la reine Élisabeth d'Espagne le massacre de la Saint-Barthélemy ; souvenir plus riant, c'est par cette même route qu'Henri IV se rendait auprès de la belle Corysandre, femme du comte de Grammont ! Mazarin la parcourut jusqu'à l'île des Faisans où il négocia la paix avec don Louis de Haro ; Louis XIV la suivit un an après pour aller célébrer son mariage avec Marie-Thérèse. Elle vit venir plus tard Philippe V envoyé par la France pour recueillir l'héritage de Charles III, puis un jour Napoléon qui allait recevoir la couronne de l'idiot Charles IV, des mains hardies du prince de la Paix.

Que de royales fiancées partirent de France ou y arrivèrent par cette route historique ! Ce fut autrefois Rigunthe, fille de Frédégonde, qui devint reine des Visigoths ; puis Blanche de Castille, mère de saint Louis ; puis Blanche de France, que Pierre le Cruel fit étouffer entre deux matelas ; puis cette touchante héroïne de Schiller, Élisabeth, fille de Catherine de Médicis, fiancée d'abord à don Carlos, et qui devint femme de son père, le sombre Philippe II ; puis Anne d'Autriche, mère de Louis XIV, et Marie-Thérèse, qui fut sa femme ; puis, de nos jours, la jeune infante, sœur de la reine d'Espagne, qui épousa le duc de Montpensier.

Que de capitaines, que de héros ont encombré de leurs soldats cette route fameuse ! Depuis Roland, le preux de Charlemagne « si beau à voir dans sa brillante armure, sur Vaillantif, son beau coursier dont les rênes d'or lui battent dans la main tandis qu'à son épieu, qu'il porte au poing dressé vers le ciel, flotte un gonfanon blanc. »

Vinrent ensuite Bertrand Duguesclin et ses compagnies blanches ; le Prince Noir menant les bandes anglaises ; le bâtard Dunois et les lances de Charles VII, puis Bassompierre, puis le beau Murat, Junot, Moncey, Soult et Wellington, puis, antithèse des héros de l'Empire, le duc d'Angoulême escorté de soldats railleurs.

Tandis que ces fantômes se dressent autour de moi, la voiture court rapide sur cette route plane qui traverse la vallée de l'Adour ; derrière deux rideau de peupliers, j'entrevois, de chaque côté, de riantes métairies, de belles villas et de vastes jardins ; bientôt, vers la moitié de notre course, nous laissons à droite la route d'Espagne, et nous entrons dans celle de Biarritz ; ici, plus de vertes cultures, plus de maisons de campagne, plus de parterres fleuris : on sent l'approche de la mer qui répand dans l'air des saveurs marines ; le crépuscule étend ses pâles lueurs, et le phare allumé devant nous annonce le rivage voisin. Le chemin que nous suivons est large et ferme ; mais il y a trente ans que ce n'était qu'un sentier à peine frayé dans le sable et où nulle voiture suspendue ne se serait aventurée. En ce temps, quelques curieux et quelques rares baigneurs seulement allaient voir la lame se briser sur le roc de Biarritz.

Biarritz est un vieux village qui date du xie siècle ; des harponneurs basques poursuivirent des baleines dans le golfe de Gascogne. Autour du vieux port de Biarritz étaient alors de vastes hangars où s'entassaient les tonnes d'huile, les fanons et tous les produits de la grande pêche. Biarritz était riche et payait une dîme à l'évêché de Bayonne ; mais un jour les baleines, incessamment pourchassées, émigrèrent vers le Nord ; insensiblement la pêche cessa.

Un château du xiiie siècle, flanqué de tours, dominait le port et le défendait. Il n'en reste aujourd'hui que quelques vestiges ; la mer détruisit le vieux port abandonné. Biarritz ne fut plus qu'un misérable hameau habité par quelques pauvres familles ; au lieu de nombreuses galères couvertes de rameurs, qui servaient à la pêche des baleines, on ne vit plus sur le rivage que cinq à six petites barques ; une baraque en bois où l'on vendait de la bière offrait l'hospitalité aux baigneurs.

Mais tout à coup la mode des bains de mer ranima Biarritz ; d'abord de jolies maisons se dressèrent sur le rivage, puis des villas, puis de vastes auberges, des bazars, des cafés, un immense casino avec terrasse dominant la mer ; des salles de concert et de spectacle, puis sur la plage la riante construction à minarets indous où les baigneuses font leur toilette. À quelque distance est le petit pavillon de bain de l'impératrice, et plus loin la calme villa Eugénie, cet Osborne français.

Toutes les fenêtres de la villa Eugénie étaient éclairées et rayonnaient sur le fond du ciel et de la mer quand la voiture qui me conduisait tourna au bord de la grille impériale qui s'avance jusqu'à la route.

C'est l'heure de la promenade du soir ; une foule d'équipages se croisent sur ce chemin de sable qui domine la mer. Dans une calèche découverte passent le comte et la comtesse de Morny ; dans une autre, l'ambassadeur de Prusse et sa fille ; dans une troisième, le comte Walewski, sa femme et leurs enfants ; dans une quatrième, les princesses Vogoridès et Galitzine. Ces dames sont parées comme pour une promenade au bois de Boulogne ; seulement elles portent toutes le charmant chapeau si seyant aux ailes retroussées du règne de Louis XIII. Sur ces chapeaux en paille d'Italie ou en paille anglaise bordés de velours noir ou de couleur, flottent de longues plumes que la brise de la mer fait onduler en tous sens. À mesure que j'approche, la petite cité m'apparaît toute illuminée, joyeuse et bruyante ; ma voiture s'arrête devant l'Hôtel de France ; sur l'étroite place où il est situé se presse une foule compacte riant, criant, gesticulant, chantant et gambadant ; ce sont des boutiques, en plein vent, de jouets d'enfants, de macarons, de chocolat et d'autres friandises ; des baraques où l'on tire des loteries ; des danseurs basques et espagnols ; des Africains d'Alger brûlant des pastilles du sérail ; des chanteurs, des joueurs d'orgues et de vieilles ; et le croisement des idiomes mêlés du Midi avec les sons tantôt aigres et tantôt graves ; enfin comme fond de tableau à tous ces bruits, à tout ce mouvement, le grand bruit et l'incommensurable agitation de la mer. On dirait la belle scène vivante du premier acte de la Muette de Portici.

Heurtée et assourdie, je traverse à grand peine la cour de l'Hôtel de France encombré de voyageurs. On ne peut me donner une chambre pour la nuit, mais l'hôtesse m'en promet une pour le lendemain, et, en attendant, elle me case dans une maison en face dont les fenêtres s'ouvrent sur la mer. À peine assise, j'oublie ma fatigue pour contempler ce spectacle de l'immensité des flots qui produit toujours en moi la double impression du ravissement et du vertige. La plage de Biarritz est superbe vue à cette lueur d'une chaude nuit d'été toute étoilée ; les grands rochers qui se dressent ou qui se courbent au milieu des brisants ressemblent à des fantômes de géants debout et couchés qu'enveloppe comme des linceuls la blanche écume des vagues. Je reste longtemps immobile devant cette fascination de la mer ; puis je m'endors doublement bercée par ses mugissements et par les rumeurs de la foule qui continue ses ébats sur la plage et dans les rues voisines.

Le lendemain c'est encore par la voix de la mer que je suis éveillée ; je me lève fort tard, car ma blessure, toujours ouverte, me fait beaucoup souffrir. À peine installée à l'hôtel de France, je reçois la visite de l'aimable princesse Vogoridès, qui me propose pour un des jours suivants, quand je serai moins lasse et que j'aurai bien vu Biarritz, une excursion à la frontière d'Espagne ; j'accepte de grand cœur et je reconduis jusqu'à la plage la princesse qui va prendre son bain.

Hélas ! il m'est interdit de me plonger dans ces vagues caressantes et tièdes où il me semble que je me serais ranimée ; ma poitrine est trop faible encore ! je pense tristement aux belles années où je me précipitais sans crainte dans les flots bleus de la Méditerranée. J'embrasse ardemment du regard cet Océan, que je ne puis étreindre en réalité. Les vagues sont toutes phosphorescentes sous les feux du soleil intense qui s'y répercute ; il fait une chaleur vraiment tropicale, le ciel est d'un bleu profond et uniforme ; j'ai devant moi la mer immense toute éclairée des plus belles lueurs ; pas une voile, pas une barque de pêcheur n'apparaissent sur son étendue ; seulement, vers le rivage, les rochers noirs ruisselants d'écume et les têtes agitées des baigneurs et des baigneuses rompent les lignes des vagues qui se balancent. Derrière moi est la campagne aride et brûlée où quelques tamarins rabougris croissent à peine entre les belles maisons blanches qui s'étagent sur le bord de la route. J'ai à ma droite le petit pavillon chinois où l'Impératrice se réfugie après son bain ; je me dirige de ce côté. L'influence de la bienfaisante chaleur se fait sentir à ma nature méridionale ; je hume les émanations marines et j'y puise la force d'entreprendre ma première excursion.

En marchant toujours à droite, je fais le tour de la villa Eugénie ; elle est bâtie sur les talus qui dominent la côte dite du Moulin ; elle fait face à la mer à une trentaine de mètres en arrière des rochers ; une élégante terrasse circulaire l'entoure ; les portes fenêtres des salons de réception, situés au rez-de-chaussée, s'ouvrent sur cette terrasse. À l'étage supérieur les appartements privés ont des balcons d'où on voit se dérouler la mer déserte. Cet édifice est construit en briques rouges et pierres blanches dans le style du château de Versailles ; des terrains spacieux entourent la villa Eugénie, mais aucune végétation n'y pousse ; on n'a pas même essayé d'y faire croître de ces pins vivaces qui ont si vite couvert les dunes d'Arcachon. Le sol nu, le ciel sans nuages et la mer sans navires lui servent de cadre. Cela a sa grandeur et son charme ; après les ombrages humides de Saint-Cloud, de Fontainebleau et de Compiègne, il est bon de s'inonder sans une ombre intermédiaire de cet air brûlant et de ces masses d'eau saline où le soleil se répercute. Toutes les fenêtres de la villa Eugénie vues ainsi en plein midi ressemblent à des cascades de diamants. C'est d'un éblouissement à faire baisser les paupières. Le soir, l'éclairage intérieur change en lueurs pourpres les flammes cristallines et bleuâtres du jour. Tant de clartés rayonnent à toute heure sur cette résidence que quelques-uns l'ont surnommé : Le château de lumière.

Après avoir tourné la villa Eugénie, je me dirige, précédée d'un guide, à travers les sentiers difficiles qui conduisent au pied du cap Saint-Martin dont la pointe s'avance dans la mer. C'est là que se trouve la fameuse Grotte ou Chambre d'amour ; la marée montante s'y engouffre et la laisse à sec en se retirant, le travail incessant des vagues a creusé dans le roc des arches sombres et de bizarres pendentifs ; la mousse marine s'empreint aux parois humides et le plancher de la Chambre d'amour est couvert d'un lit de galets. Durant les heures brûlantes, les pâtres basques viennent parfois s'abriter dans cette grotte avec leur troupeau.

Je fus charmée de la trouver déserte lorsque j'y arrivai ; je laissai le guide à l'entrée et je m'assis dans un enfoncement d'où je voyais se dérouler la mer. Les vagues caressaient à peine le sable de la plage ; le flux ne devait remonter que le soir ; je pouvais donc m'oublier là de longues heures me reposant et rêvant. Je cessai de regarder l'Océan, et j'examinai la grotte ; je regardai curieusement chaque anfractuosité du roc ; j'aurais voulu deviner sur quelle pierre fatale et vers quel angle extrême les amants de la légende avaient expiré dans une éternelle étreinte. La tradition a transmis d'âge en âge aux populations basques cette touchante histoire ; on se répète, comme si c'était hier, les noms, les amours et la mort des deux amants ; mais l'époque où ils vécurent, on l'ignore. Qu'importe un siècle plus tôt ou plus tard dans la fuite interminable du temps ! Ce qui touche, ce qui attire, c'est le sentiment éternellement beau et jeune de l'amour vrai. Tous deux étaient de simples enfants de la campagne ; lui, Laorens, il était d'Ustaritz, là-bas au loin dans les terres, au pied de la chaîne lumineuse des Pyrénées ; elle, la pauvre petite Soubade, était du village d'Anglet, qui se déroule dans la plaine derrière moi ; contrariés dans leurs amours, ils se voyaient en secret chaque jour à l'abri des rochers de la plage.

Un soir l'orage gronda, ils se réfugièrent dans la grotte ; les éclairs, le tonnerre l'illuminaient et la faisaient retentir ; ils se pressèrent presque joyeux l'un contre l'autre, se croyant à l'abri du danger ; mais la mer, poussée et soulevée par la tempête, monta plus tôt et plus furieuse que de coutume ; elle envahit la plage, escalada le roc et se précipita dans la Chambre d'amour ; c'est alors qu'ils durent se blottir dans le dernier renfoncement et expirer ensemble. Chaque voyageur vient là parler ou rêver d'eux. Quelques-uns les plaignent, beaucoup les envient.

Tandis que j'évoquais à mon tour la légende, une troupe de cloportes rampait jusqu'à moi et menaçait de couvrir la pierre où j'étais assise ; je secouai ma robe avec terreur et je sortis de la Chambre d'amour.

Au-dessus du roc qui lui sert de dôme s'élève le phare ; il est aperçu de fort loin par les pilotes qui traversent l'Océan. Du côté de la campagne, on le découvre, le soir, comme un astre suspendu entre le ciel et l'eau ; on le voit aussi des côtes de l'Espagne ; ce phare a quarante sept mètres de hauteur ; sa lanterne est à deux cents pieds du niveau de la mer. Arrivée à son sommet, j'embrasse du regard un merveilleux panorama tout éclatant d'azur et de lumière : le phare domine le centre d'une immense courbe qui s'arrondit mollement dans ce golfe tumultueux de la Gascogne.

À ma droite ce sont les rochers de la Chambre d'amour ; plus loin, toujours à droite, gronde et mugit en amoncelant ses sables la barre qui ferme l'embouchure de l'Adour. Un long sillon jaunâtre, tranchant sur les eaux bleues de la mer, fait distinguer le passage du fleuve luttant sans cesse contre l'obstacle formidable. À ma gauche, le tableau se déroule plus étendu et plus majestueux : c'est d'abord Biarritz se groupant et s'échelonnant sur la plage ; les sombres hauteurs Port-Vieux s'élèvent au-dessus des maisons riantes ; puis vient une ligne de magnifiques falaises blanches à pic : c'est la côte des Basques. Ces montagnes, dont la base se baigne dans la mer et le sommet dans la lumière, sont d'un effet indescriptible ; plus loin, dans un pli de rocher, se montrent les toits rouges du village de Bidart, habité par des pêcheurs ; plus loin encore, le village de Guetary, et toujours dans la même direction le môle énorme de Saint-Jean-de-Luz, que l'Océan assiège incessamment. Au moyen d'une lorgnette, je découvre après Saint-Jean-de-Luz les sinuosités du rivage où la Bidassoa se jette dans la mer. Son embouchure tranquille est dominée par deux petites villes ; à droite, c'est Hendaye, la sentinelle de la France ; à gauche, Fontarabie en ruines, la sentinelle de l'Espagne. Au delà, se dressant vers l'occident et coupant le golfe d'un angle aigu, c'est la côte de Cantabrie, l'Espagne, Saint-Sébastien, le mont de la Haya, ensuite la grande mer Atlantique où les vaisseaux partis des deux rivages de la France et de l'Espagne déploient leurs voiles.

Si je détourne mes regards de la mer et que je me tourne du côté des terres, je vois se dérouler les campagnes du Labour, la chaîne des Pyrénées occidentales et les belles vallées basques. Les yeux se fatiguent vite à regarder ainsi en plein soleil l'étendue de la campagne et l'immensité de la mer. En descendant l'escalier du phare, j'éprouvai une sorte d'éblouissement vertigineux. L'air était brûlant, tous les insectes des jours d'été faisaient entendre leurs bourdonnements. J'étais épuisée de lassitude. Heureusement une voiture m'attendait à peu de distance et me ramena à Biarritz par la route de Bayonne.

Après cette excursion à travers soleil, j'éprouvai un tel accablement en rentrant à l'hôtel que je songeai à faire la sieste, moi qui n'ai jamais pu m'endormir dans la journée. Mais reposer, même la nuit, dans une auberge de Biarritz, est une de ces impossibilités dont il ne faut pas se flatter d'avoir raison. Le bruit des voitures qui arrivent et qui partent, le tintement des sonnettes, les voix retentissantes des domestiques qui s'appellent par leurs noms et dont l'accent gascon vous pénètre jusqu'à la moelle, les cris des marchands du dehors et le mugissement des vagues forment une clameur permanente où tous les tons assourdissants se trouvent réunis. Je m'étendis sur mon lit et je commençai à lire Fanny que la princesse Vogoridès avait reçue la veille de Paris et venait de m'envoyer. En général, quand j'ai lu trente pages d'un roman contemporain (excepté Balzac), j'interromps ma lecture sauf à la reprendre plus tard, mais sans impatience, sans désir. Ou l'histoire ne va pas à mon cœur ou le style me gâte l'histoire.

Je l'avoue, au risque d'effaroucher les critiques pudibonds, la lecture de Fanny m'entraîna ; je lus tout d'une haleine ce petit livre où la vérité et l'éloquence de l'amour vous saisissent comme un flot montant. Çà et là court une émotion ardente et communicative qui gagne surtout le cœur des femmes ; elles aiment ce jeune homme d'aimer si bien et si entièrement, et, suivant la belle expression de la marquise du Châtelet, avec cet absolu abandonnement de soi-même, à notre époque où l'on mesure l'amour, où les heures de la passion sont réglées comme celles des affaires, ou plutôt leur sont subordonnées ; où l'on dit brutalement et grossièrement à la femme, qui, elle, ne mesure jamais son dévouement et sa tendresse : « Halte là, ma chère, vous pourriez gêner ma vie ! »

Ce qui a fait le grand succès de ce livre, c'est son héros ; les femmes sentent en lui un cœur qui ne se marchande pas. Les autres caractères du roman importent peu ; la figure qui domine, c'est Roger ; le roman aurait dû porter son nom. La seule chose qui me gâte ce livre, c'est sa préface. Quand on a de ces grands incendies dans le cœur, comment songe-t-on au feu de cheminée de la critique ?

Après cette lecture qui avait remplacé ma sieste, je me levai au soleil couchant ; je fis une toilette parisienne et me réunis à quelques personnes pour parcourir Biarritz. Nous descendîmes la grande rue qui commençait à s'éclairer ; la foule était moins pressée et le mouvement moins vif que la veille. Ce n'étaient que baigneuses et baigneurs élégants se saluant ou échangeant en passant quelques paroles. On faisait halte tour à tour soit au Café de Madrid où une gracieuse femme vous sert du chocolat et des sorbets exquis ; soit au bazar turc dont la porte en forme de minaret était illuminée par des guirlandes de lanternes chinoises.

Ce bazar semble gardé par deux femmes, l'une turque et l'autre persane, revêtues de leurs splendides costumes orientaux. Ce sont deux statues coloriées grandes comme nature ; l'une venant de Constantinople et l'autre de Téhéran. Leur teint est bistré, leur petite bouche teinte de carmin, leurs grands yeux noirs, aux cils frangés, sont encore allongés par des touches de henné ; sur leur front bas ondulent des cheveux naturels nattés sous un fez orné de pierreries, et sous un voile brodé d'or que fixe à la tête une épingle en filigrane ; des pendeloques s'agitent à leurs jolies oreilles, leurs mains effilées ont des ongles roses et des bagues chatoyantes. On dirait que ces deux figures vivent et pensent ; leur costume est superbe. Chaque objet de ce ruineux ajustement est une tentation pour les femmes de l'Occident ; surtout ces belles vestes flottantes en velours noir ou nacarat brodées d'or et de perles, et ces babouches éclatantes où se cache un pied paresseux. Autour de ces deux belles Orientales qui fument le narguilé d'ambre s'étalent, pressées et resplendissantes, toutes les dépouilles des harems.

C'est à Alger, à Tunis, à Constantinople, à Damas et parfois jusqu'à Téhéran que M. Petit, propriétaire du bazar turc, est allé recueillir les objets charmants et somptueux qui composent le costume des femmes de l'Orient. Quelle variété dans ces bijoux en sequins, en pierreries, en émail, en filigranes, en ambre et en pâtes odorantes ! Quelle splendeur dans ces tissus : chemises, pantalons turcs, vestes, mouchoirs, écharpes, voiles, burnous ! Quelle fantaisie dans ces fez, ces turbans, ces pantoufles, ces bourses, ces portefeuilles, ces sacs à tabac, ces boîtes à parfums, ces coffrets à fard tantôt en bois de santal, tantôt en ébène incrustée de nacre et d'argent !

Tout cela garde une odeur étrange et pénétrante, une senteur ambrée de femme esclave qui ne songe qu'à se parer, faire l'amour, fumer et dormir. Les vitrines du bazar turc, à Biarritz, recèlent les brillants vestiges de la mode turque qui disparaît chaque jour envahie par la mode française. Tandis que les femmes orientales nous font des emprunts maladroits, nous leur enlevons, nous-mêmes, leurs plus attrayantes fantaisies de toilette. Il n'est pas une élégante Parisienne qui n'ait adopté pour coin de feu une de ces vestes merveilleuses dont j'ai parlé ; pas une qui, en sortant du bal ou du théâtre, ne se drape comme une statue antique dans un de ces souples burnous aux plis ruisselants. Chaque soir, le bazar turc à Biarritz est un but de promenade où se rencontrent les femmes du grand monde qui donnent le ton à la mode dans toutes les capitales de l'Europe et qui viennent là chercher quelque combinaison ou quelques détails de parure qu'elles innoveront aux fêtes de l'hiver suivant.

Après avoir fait le tour du bazar turc, nous nous rendîmes sur la large terrasse du Casino battue par la mer. La soirée était superbe et d'une température si douce que la fraîcheur des vagues n'en altérait pas la tiédeur. Au loin l'Océan était calme et reflétait les belles constellations que la pureté de l'atmosphère faisait paraître plus grosses et plus brillantes. Au-dessus de la Grand'Ourse la Comète dont on a tant parlé projetait dans le ciel sa gerbe de lumière ; mais près du rivage les flots sifflaient et se brisaient contre les rocs avec leurs éternels gémissements qui sont une des beautés de cette plage. Nous allions et venions le long de cette terrasse sur laquelle s'ouvrent les salons, les salles de billard et de lecture du Casino ; à une des extrémités, du côté du Port-Vieux on descend quelques marches et l'on se trouve sur une sorte de petit promontoire qui s'avance dans la mer.

On a construit en cet endroit un pavillon à toit pointu recouvert de toile écrue toujours frémissante au souffle de la brise. Par les jours caniculaires, il est délectable le matin de venir déjeuner là, et le soir d'y prendre des glaces. Assis sous ce pavillon, on a à gauche le Port-Vieux, la côte des Basques et au loin le rivage de l'Espagne ; à droite se déroule la partie mondaine et bruyante de Biarritz ; au-dessus de la côte du Moulin, la longue salle à minarets, où les baigneuses quittent et reprennent leurs costumes ; puis les riantes villas aux fenêtres éclairées, et dont la villa Eugénie efface l'éclat par celui d'une sorte d'illumination intérieure. Plus loin, le phare qui projette son foyer de lumière en long sillage sur la mer. Les feux divers de toutes les maisons du village se répercutent en lueurs sur les flots, mais ils meurent sans les éclairer dans les anfractuosités des rocs noirs qui s'élèvent çà et là au-dessus de l'eau et des sables mouillés d'où la mer vient de se retirer. Parmi tous les rocs il en est un qui frappe les regards aussitôt qu'on arrive à Biarritz et qu'on se tourne du côté de la plage ; il est en forme d'arc ; les vagues s'engouffrent au-dessous ; on dirait un grand débris de pont rompu. Quand la marée est très-haute, elle recouvre parfois ce rocher béant ; et en se retirant elle le laisse mouillé et glissant, relié au rivage par des blocs de pierre qu'entourent de petites flaques d'eau. Les enfants hardis et les baigneurs aventureux aiment à gravir la croupe de cette belle arche naturelle qui s'arrondit sur la mer.

Je ne sais pourquoi, ce soir-là, durant ma promenade, la Roche-Percée attirait sans cesse mes regards. Je croyais y voir s'agiter deux ombres ; les vagues avaient des gémissements sombres et plaintifs qui ressemblaient à des voix humaines en détresse. Sans la gaîté des promeneurs qui m'accompagnaient, je serais tombée dans une rêverie funèbre. Des chants espagnols, avec accompagnement de castagnettes, nous attirèrent bientôt dans une salle du Casino où nous achevâmes la soirée.

Je l'ai dit, le réveil arrive vite dans ces chambres d'auberge où retentissent dès l'aube les voix toujours criardes des domestiques du Midi. Ce jour-là je fus éveillée encore plus tôt qu'à l'ordinaire par les exclamations de surprise et de curiosité qu'échangeaient dans le corridor voisin laquais et servantes. Quand la femme qui me servait entra dans ma chambre, je lui demandai si quelque événement malheureux était arrivé.

– Oui, madame, me répondit-elle, tout le monde en parle et c'est un grand scandale ; une pauvre fille, et bien jolie ma foi, mais bien folle, avait donné hier soir un rendez-vous sur la Roche percée ; comme elle venait d'y arriver, et que son séducteur l'enjôlait, le pied lui a glissé, et elle est tombée dans la mer. On n'a retiré que son corps tout meurtri et méconnaissable.

– Et lui ? demandai-je.

– Lui est tombé aussi, peut-être pour la secourir : il a eu les jambes cassées et la tête ouverte ; l'on assure qu'en ce moment il se meurt.

– C'est bien horrible et bien douloureux, lui dis-je.

– C'est une honte pour le pays, reprit la servante, et monsieur le maire en est tout contristé.

Le mourant, le séducteur, était un fonctionnaire public, et avant tout, le maire déplora le scandale de cette catastrophe. Mais les années passeront et jetteront sur cette aventure la teinte mélancolique et romanesque du temps. L'intérêt s'attachera aux deux amants de la Roche-Percée comme à ceux de la Grotte d'Amour, Ils bravèrent la mort pour se voir, pour s'aimer, et ce sentiment qui couronne leur ombre survivra à la vulgarité des commentaires ; j'en suis certaine, les siècles transformeront en légende cette mort tragique dont j'ai été presque le témoin. En attendant, ce ne furent durant tout un jour à Biarritz que propos dénigrants et rigoristes contre les deux pauvres victimes. C'est le propre de l'esprit français ; il commence toujours par railler les catastrophes de l'amour. Que de quolibets gaulois durent être décochés contre Héloïse et Abeilard à l'heure de la vengeance de Fulbert ! Mais les contemporains meurent, les générations se succèdent et s'intéressent à la vérité des passions. Les détails disparaissent, le drame et le nom des amants survivent seuls ; l'attrait de leur souvenir se forme et se transmet d'âge en âge. C'est cette vague et douce sympathie qui conduit chaque année tant de jeunes couples au tombeau d'Héloïse et d'Abeilard.

J'ai toujours pleuré sur ceux que personne ne pleure, je me suis toujours préoccupée de ces morts violentes dont on fait grand bruit tout un jour puis qui s'ensevelissent à jamais dans l'oubli. Après le récit de la catastrophe de la Roche-Percée je voulus me promener seule et revoir l'arche néfaste.

Quoique la chaleur fût intense, je tournai (en passant par la côte du Moulin), le sentier qui côtoyait la mer ; je m'arrêtai en face du roc funèbre impassible et dont les parois lavées par l'écume de la mer ne gardaient pas même les traces de sang du corps brisé de la jeune fille ; le soleil qui tombait d'aplomb sur le rivage et sur la mer égayait tout autour de moi ; les vagues seules toujours gémissantes semblaient pleurer sur celle qu'elles avaient engloutie. Je continuai à marcher, j'arrivai au pied de la terrasse du Casino suspendue sur la mer ; je parvins ensuite à la base du monticule appelé l'Attaye où s'arrondit l'anse profonde du Port-Vieux.

Là sont amarrées quelques barques qui servent à la pêche quand la mer permet d'aller au large ; mais durant mon séjour à Biarritz, je n'ai pas vu une seule voile se détacher sur la solitude du golfe ; ces barques reposent au pied de baraques en bois où sont suspendus des costumes de louage pour les baigneurs. C'est là le quartier populaire de Biarritz ; de la base de l'Attaye je montai sur son plateau où l'on trouve quelques vestiges du vieux château, la nouvelle église construite en pierres d'une teinte jaune et une petite tour qui servit autrefois de phare. Pas un arbuste, pas une touffe d'herbe n'a pu croître sur ces hauteurs, le souffle de l'Océan y dessèche toute végétation.

J'avais gravi sans fatigue les sentiers brûlants qui circulent à travers les versants de l'Attaye ; à défaut d'un bain de mer, un bain de soleil me ranime ; je descends par un sentier plus étroit qui décrit une pente rapide ; il est pratiqué dans la falaise et bordé de rampes en bois. Ce sentier conduit à la côte des Basques ; bientôt je domine un petit promontoire où quelques touffes de broussailles croissent sur de hautes falaises verticales ; je m'assieds dans cette solitude désolée ; à mes pieds, mugit la mer la plus sauvage que j'aie vue de ma vie : à gauche, elle brise avec furie ses grandes lames sur la côte des Basques, ainsi nommée parce que les Basques accourent en troupe une fois par an pour s'y baigner.

C'est vers la fin d'août qu'ils arrivent. Ils descendent joyeux du Labour, de la Soule et de la Basse Navarre ; ils portent tous ce qu'ils appellent le costume de la mer : un pantalon blanc, une veste blanche et, en place du béret, une bizarre coiffure composée de fleurs et de banderolles de rubans. Chaque bande est précédée des instruments de musique du pays : fifre et tambourin, tambours de basques. De leurs montagnes jusqu'à la mer, les

Basques font l'école buissonnière ; ils s'arrêtent pour prendre leur repas sur l'herbe et pour y danser après.

Ils allongent ainsi le chemin, mais enfin ils arrivent de toutes parts, on entend alors dans Biarritz des instruments, des chants et des cris sauvages. Les voilà ! ce sont eux ! Ils débouchent par tous les chemins sur les places et dans les rues. Bientôt ils se réunissent par groupes, et le mouchico, ou saut basque commence ; c'est une danse étrange dont les femmes forment le centre ; elles se meuvent sur un rhythme monotone en pirouettant sur leurs talons. Autour d'elles, les hommes sont rangés en cercle et décrivent lentement des pas bizarres ; tout à coup ils bondissent en poussant un cri guttural et en croisant leurs bâtons de voyage qui se heurtent en mesure. Après ces rondes, souvent répétées dans les rues et les carrefours de Biarritz, ils prennent la route de la falaise et s'abattent comme une nuée sur la grève de la côte des Basques. Là ils se déshabillent, et, hommes et femmes, ne formant plus qu'une seule et longue file, s'avancent en chantant et en criant à travers les rocs, les galets et les plantes marines dont cette plage est sillonnée. Une énorme vague arrive du large, elle bondit et couvre toute la masse vivante qui l'attend sans broncher. Les têtes se courbent, la vague passe au-dessus à la grande joie des baigneurs qui sont restés fermes sur leurs pieds. Ce bain, ou plutôt cette douche gigantesque, ne dure que quelques secondes, mais elle se renouvelle plusieurs fois. Après chaque immersion, les baigneurs basques vont s'étendre sur la grève, se sèchent un moment au soleil, puis retournent au flot qui monte.

Mais ce jour-là la côte était déserte ; les Basques avaient regagné leurs vallées et leurs montagnes depuis deux semaines ; à mes pieds le chaos des rocs battus par la mer et entourés de flaques d'eau était d'une solitude absolue. Biarritz disparaissait derrière moi ; blottie comme je l'étais sur la haute falaise entre les touffes de plantes brûlées, j'aurais pu me croire sur quelque rivage d'Afrique, inhabité et sinistre. Les vagues se brisaient dans les rochers verdâtres et m'enveloppaient de leurs gémissements et de leur senteur marine. Au loin se déroulait sans limite l'étendue calme de l'Océan sur lequel le soleil projetait des moires d'or. Au-dessous de moi l'abîme était formidable, les parois des rocs restaient noires et humides, malgré l'ardeur et l'éclat du jour. Je ne pouvais détacher mes regards de la blanche écume bouillonnante qui tourbillonnait, se gonflait et semblait parfois vouloir monter jusqu'au faîte de la falaise. Je restai là bien longtemps, oubliant le monde entier et m'abandonnant à la sensation vertigineuse de la mer ; l'émotion qui m'envahissait m'inspira les strophes suivantes :

> Debout sur les rochers où ta voix se lamente,
> M'enivrant de ta force et de ta majesté,
> Je te vois tantôt calme et tantôt véhémente,
>   Déserte immensité !

> Ô mer, je t'aime ainsi, sublime Solitaire,
> Repoussant les pêcheurs, dédaignant les vaisseaux,
> Et semblant tour à tour plaindre ou railler la terre
> Avec les cris stridents qui sortent de tes eaux.

> Quand tu presses tes bords de sauvages étreintes,
> Quand tu n'es que sanglots et lamentations,
> Mer, je crois voir en toi l'immense amas des plaintes
> Et des pleurs confondus des générations !

> Ces longs gémissements qui meurent sur tes rives
> De nos propres douleurs me semblent un écho ;
> Je m'incline au-dessus des vagues attractives
>   Et je comprends Sapho !

> Ton flux montant toujours sur la roche qu'il creuse
> Est moins rongeur qu'en nous les âpres passions ;
> Et le suaire froid de ta vase visqueuse

Moins glacé que l'oubli de ceux que nous aimions.

Moins amer est le flot de ta sombre marée
Que l'âcre désespoir d'un amour outragé ;
Et dans la trahison l'âme désespérée
Trouve un gouffre plus noir qu'en toi le naufragé.

Oh ! que nous voulez-vous, vagues insidieuses ?
Parfois vous vous dressez avec des bruits si doux
Que l'essaim éperdu des âmes malheureuses
     Voudrait aller à vous.

Aux grands cœurs méconnus vous donnez le vertige
Et vous les attirez dans vos cercueils ouverts !…
Il est fier d'y tomber sans laisser de vestige
Aux spectateurs blasés de ce froid univers.

Montez, montez vers ceux que l'angoisse consume !
Couvrez leurs pieds lassés et leurs fronts abattus ;
Ensevelissez-les dans votre blanche écume ;
Vous pleurerez sur eux quand ils ne seront plus.

Peut-être abritez-vous dans vos cavernes noires
Tous les déshérités des bonheurs d'ici-bas ;
Tourments inconsolés et navrantes histoires
Qu'a vus passer le monde et qu'il ne pleure pas.

À ce monde endurci, voilà pourquoi peut-être,
Mer, tu jetas toujours tes sinistres clameurs.
Et quand l'heure viendra de le voir disparaître,
Inexorable aussi, ta voix lui criera : meurs !

Meurs, stoïque témoin de l'humaine agonie !

> O globe dépeuplé, te voilà morne et seul :
> Toi qui vis tant mourir, meurs ! ta tâche est finie,
> Je vais sur ton cadavre étendre mon linceul.

Je me dirigeai vers le Port-Vieux et j'allai m'asseoir sur le bord de la mer qui montait ! Il m'était doux de respirer son air salubre, d'entendre sa voix puissante, de contempler son énergie inépuisable ; je restai là jusqu'à l'heure du dîner. Je vis alors passer sur la terrasse du Casino que je traversais pour me rendre à l'hôtel une foule élégante d'hommes et de femmes qui se dirigeaient vers une des salles s'ouvrant sur la terrasse ; un garçon en tablier blanc vint à moi et me dit : C'est l'heure de la table d'hôte, madame ne veut-elle pas dîner ?

– Dîner là, répondis-je en désignant la salle qu'avait vue sur la mer, je le veux bien, – et je suivis le flot des convives pensant que c'était bien plus récréatif que d'aller m'asseoir dans la salle basse de l'hôtel.

Je trouvai dans la salle à manger du Casino deux tables parallèles ; toutes les places de l'une étaient déjà occupées par une compagnie bruyante d'hommes et de femmes ; à l'autre table, à moitié déserte, étaient quelques Anglais et quelques vieilles femmes ; je m'assis à cette dernière, et comme personne n'y causait et que l'on n'y entendait que le cliquetis des fourchettes et des assiettes, je prêtai l'oreille aux paroles et aux rires de la table voisine : c'étaient des réflexions plaisantes sur la mer, où quelques-unes de ces dames ne voyaient qu'un bain à prendre ; des récits comiques sur la Chambre d'amour ; des dissertations moqueuses sur les toilettes des grandes dames, vues tantôt à la promenade ; des propos lestes, d'autres touchants ; un assaut d'appétits qui faisait dans les mets des trouées plus complètes que des obus dans des bastions ; un cliquetis de verres étourdissant ; le vin de Champagne écumait dans les coupes ; puis vinrent le café et les liqueurs avec leurs chauds arômes ; et pourtant sur tous ces visages quelque chose de fatigué et de triste, et sur tous ces habits d'hommes et de femmes, l'inélégance de la gène et du travail.

Je demandai à mon voisin de table quels étaient donc ces nombreux convives qui remplissaient la salle du bruit de leurs voix ?

– Ce sont les acteurs du grand théâtre de Bordeaux, me dit-il, qui doivent jouer ce soir à Biarritz.

Je les regardai plus curieusement. Après le café, on leur servit des sorbets, et tandis qu'ils les prenaient ils ne cessèrent pas de parler et de gesticuler ; ils étourdissaient leur misère par leur gaîté. C'était le cas de dire avec Gil Blas : « Les comédiens et les comédiennes qui n'étaient point venus là pour se taire ne furent point muets. »

Enfin, ils se levèrent ; nous en étions encore au rôti qu'ils avaient fini leur dîner. M'apercevant que le nôtre pourrait se prolonger fort tard, grâce à la lenteur des mangeurs anglais, et voyant le jour décroître dans le ciel et sur les vagues, je pris un fruit et quittai la table pour aller sur la terrasse retrouver le spectacle de la mer ; je rencontrai là toute la troupe des comédiens fumant et se promenant en attendant l'heure du théâtre. Il me sembla reconnaître une jeune actrice qui m'avait été présentée à Paris. Amaigrie et pâle, elle se tenait accoudée du côté de la mer. Sa mère qui m'avait aperçue s'approcha de moi, nous rejoignîmes la fille et nous fîmes ensemble quelques tours de terrasse : je demandai à la jeune artiste si elle était heureuse au théâtre de Bordeaux ? Elle me répondit avec simplicité : « J'ai deux cents francs par mois pour vivre et faire vivre mon père et ma mère dont je ne veux jamais me séparer ; pour le loyer, les costumes, les fleurs, les fards et quelques bijoux faux, indispensables. Je ne me plains pas ; j'ai eu moins autrefois. »

Tandis qu'elle parlait, je faisais tout bas l'addition de ses dépenses et j'admirai sa sereine résignation.

Tout à coup elle vit passer son directeur et me dit :

– Je vais lui demander des billets pour vous, il faut que vous nous voyiez jouer ce soir. Aussitôt qu'elle m'eût nommée, le directeur mit à ma disposition une loge de la jolie salle de spectacle du Casino.

Insensiblement les acteurs s'éloignèrent de la terrasse pour aller faire leur toilette, et j'y restai seule, regardant sur la mer le sillage lumineux des étoiles.

Je dus à mon tour aller mettre une robe plus élégante et échanger mon chapeau rond contre un autre. On annonçait une brillante représentation, l'Empereur et l'Impératrice avaient promis d'y assister. La jolie salle du Casino est un carré long ayant deux galeries parallèles soutenues par de sveltes colonnes en fer creux ; tous les sièges de forme élégante du parterre, des loges et des deux galeries sont également en fer creux. Cela convient à un théâtre d'été. De légères peintures à fresque décorent le plafond. La loge impériale au niveau des galeries occupe tout le fond de la salle en face de la scène. Ici les tentures et les sièges sont en soie ; et sur des meubles élégants sont distribuées des lampes à globe d'opale éclairant de hautes gerbes de fleurs dans des potiches chinoises. Le directeur vient donner un coup d'œil d'examen à cette loge et il place sur une causeuse un énorme bouquet destiné à l'Impératrice. Je vois tous ces détails de la loge voisine où je suis assise. Le spectacle commence, on joue un opéra comique de M. Massé, la troupe voyageuse s'en tire à merveille ; elle est fort applaudie par les spectateurs.

L'opéra s'achève sans que l'Empereur et l'Impératrice arrivent. Tout à coup un employé, halluciné par son espérance, annonce qu'il vient de voir sortir la voiture impériale de la villa Eugénie ; aussitôt la Grande Rue s'illumine, les lanternes chinoises du Labyrinthe du Casino sont éclairées et balancent leurs guirlandes de fleurs de lumière à la brise qui monte des vagues ; tous les spectateurs se groupent sous le petit péristyle. Le directeur ganté et cravaté de blanc les gourmande et les contient d'un geste de sa main gauche tendue horizontalement, tandis que de la droite il fait un signal à l'orchestre qui exécute aussitôt l'air de la reine Hortense : Partant pour la Syrie.

On entend le roulement de la voiture, elle approche, mais elle n'est accueillie par aucune exclamation et pas un piqueur ne la précède. Oh ! surprise ! cette voiture n'est pas la voiture impériale ; ce n'est point l'empereur et l'impératrice qu'elle contient, mais le maire de Biarritz, qui sort de la villa Eugénie et vient annoncer au directeur atterré que, la réception de Leurs Majestés se prolongeant, elles ne pourront pas assister au spectacle.

La représentation s'achève tristement ; les acteurs ont perdu leur entrain ; la salle se dégarnit ; on va finir la soirée au Café de Madrid, où les sorbets neigeux et le chocolat fumant circulent.

J'emploie la journée du lendemain à parcourir de nouveau toute cette plage accidentée où j'ai déjà promené le lecteur depuis la côte du Moulin jusqu'à la côte des Basques. Le soir, nous allons avec la princesse Vogoridès sur le plateau de l'Atalage, voir tirer un feu d'artifice : les fusées sillonnent le firmament, se confondent aux étoiles, défient la gerbe de la comète et vont retomber en pluie de feu dans la mer. Tout à coup des bombes éclatent dans l'air avec fracas, comme si Biarritz était assiégé ; ce sont ensuite des cascades d'étincelles et de lumineux caducées qu'eût enviés Mercure ; puis une tour en spirale monte dans l'air, elle s'embrase et se couronne des grandes ailes d'un moulin à vent qui me rappelle un des plus beaux de Rotterdam. Mais ici les ailes sont autant de flammes gigantesques qui illuminent à giorno toute la plage. La dernière pièce d'artifice surpasse toutes les autres, elle représente la chapelle de Biarritz avec des portiques resplendissants. On dirait un monument incendié rayonnant comme un astre avant de tomber.

La foule pousse de longues acclamations. Le spectacle est terminé ; la nuit se fait de nouveau avec ses douces lueurs d'étoiles répercutées dans les flots. En nous séparant, nous convînmes avec la princesse que le lendemain matin nous partirions pour la frontière d'Espagne.

Le lendemain à neuf heures, par une matinée d'une sérénité admirable, la calèche de la princesse était à la porte de mon hôtel ; pas un nuage ne traversait l'azur profond du ciel, l'atmosphère était si chaude qu'elle permettait les toilettes d'été les plus légères. La princesse Vogoridès avait amené avec elle son fils, bel enfant de douze ans, à la taille élevée, à la tête si correcte et si attrayante à la fois, quelle faisait rêver des magnifiques enfants de Vélasquez et Lawrence. Le précepteur de l'enfant et M. Rosani, un aimable compatriote de la princesse, nous servaient de cavaliers.

Nous suivîmes la route d'Espagne qui décrit une courbe au-dessus de Biarritz ; cette route est bordée de sapins et de quelque végétation. Nous trouvâmes à gauche un singulier et très-beau jardin enclos dans un enfoncement circulaire et formant un immense entonnoir de verdure, c'était comme une riante oasis au milieu de l'aridité de ces terres sablonneuses. Bientôt à droite, nous découvrîmes au milieu des champs de maïs un grand lac salé, et, toujours du même côté à l'horizon, l'étendue de l'Océan. Puis, sur le rivage, Bidart avec ses toitures empourprées, et plus loin, le petit village de Guetary. La voiture allait rapidement et nous approchions de Saint-Jean-de-Lutz, lorsque nous aperçûmes sur la route comme un bataillon noir soulevant une masse de poussière ; nous nous demandions si quelque détachement de troupe se rendait de la frontière à Biarritz ou à Bayonne ; mais les jambes qui venaient vers nous couraient ou plutôt galopaient comme celles des chevaux de la voiture. Ce n'était point là un pas militaire. Bientôt nous distinguâmes une quarantaine de femmes couvertes de haillons sombres ; elles portaient sur la tête un large panier rond et plat rempli de ces petits poissons appelés anchois ou sardines. Ce panier était tenu en équilibre par un de leurs bras arrondis ; leur jupe était retroussée jusqu'au genou ; leurs jambes et leurs pieds nus rasaient ainsi que des ailes la poudre et les pierres du chemin ; elles poussaient des cris et des éclats de rire stridents, comme si le bruit de leur voix les eût aiguillonnées dans leur course effrénée.

Chaque jour de pêche à Bidart et à Saint-Jean-de-Luz, aussitôt que les bateaux sont rentrés au port, les pauvres femmes s'emparent de leur cargaison et s'élancent sur la route, elles se précipitent jusqu'à Bayonne sans prendre haleine ; elles font ainsi quatre lieues riant, chantant, le cœur à l'ouvrage, suivant la belle expression populaire. Arrivées à la première enceinte de la ville, elles se divisent et se répandent dans les rues en criant et hurlant : À l'anchois ! à l'anchois ! adare arribat ! fresc et délicat ! à uso le deutzne ! À l'anchois ! à l'anchois ! vite, arrivez ! frais et délicats ! à un sou la douzaine ! – Durant la saison des bains, quelques-unes font une halte à Biaritz.

Parfois la pêche est si abondante que ces petits poissons se donnent, ou se prennent, pour rien. On les voit s'amonceler en bancs argentés le long des côtes de Bidar et de Guetary. Les habitants de ces deux villages se mettent dans l'eau jusqu'à mi-corps : ils plongent à même les bancs et remplissent des plats ou des marmites des poissons entassés ; d'autres les jettent par pelletées sur le rivage où les ramasse qui veut : c'est un mouvement tumultueux ; une bonne humeur générale, des cris et des chants, enfin toute cette animation exubérante par laquelle les populations du Midi changent en fête leur labeur.

L'escadron volant avait fui derrière nous ; nous échangions avec la princesse quelques réflexions sur ces pauvres femmes alertes et nerveuses, dont le courage double la force et qui mettent tant d'âme dans le travail ; l'espoir du petit gain qu'elles rapportent à leurs enfants leur prête des ailes. Oh ! qu'il y a loin de cette énergie toujours en éveil à cette torpeur maladive dont M. Michelet compose le tempérament de la femme !

Nous arrivâmes à Saint-Jean-de-Luz dont les jolies maisons rouges et blanches semblent rire aux voyageurs ; nous nous arrêtâmes à l'Hôtel de France pour déjeuner ; on nous servit de jeunes tourterelles privées qui venaient de passer de leur cage à la broche ; elles étaient tendres et délicates et leurs roucoulements que nous avions entendus en entrant nous revenaient à l'oreille tandis que nous les mangions. Nous vivons de destruction et la terre à son tour s'engraisse de notre mort.

Saint-Jean-de-Luz est bientôt vu : nous visitâmes d'abord l'église où fut célébré, le 9 juin 1660, le mariage de Louis XIV et de l'infante Marie-Thérèse. En signe de respect pour le souverain on mura la porte de l'église par laquelle il avait passé. Nous entrâmes par une porte latérale et nous repeuplâmes en pensée l'église déserte de toute la suite fastueuse de Louis XIV ; dans la nef et dans les trois rangs de galeries en bois qui l'entourent se pressaient ce jour-là des sièges fleurdelisés ; les lourdes colonnes dorées du maître-autel resplendissaient sous la lumière des cierges ; au-dessus du portail les orgues jouaient des airs solennels, et de beaux tableaux de sainteté, dont quelques-uns sont restés, décoraient le fond des ogives. Il faut lire dans madame de Motteville la cérémonie du mariage qui fut célébré par l'évêque de Bayonne. En parcourant l'église, veuve de cette pompe royale, je m'arrêtai devant la chapelle de la Vierge, qui me parut fort bizarre. Au pied d'un grand christ sculpté en bois, et saignant de toutes ses plaies sur la croix, un mannequin de la Vierge, vêtu d'une robe de serge noire, est agenouillé ; le visage est incliné aux pieds du Sauveur ; la Vierge pleure et essuie ses yeux avec un mouchoir blanc garni de dentelles. Ce groupe étrange s'élève au-dessus d'un autel.

En sortant de l'église nous allâmes voir la maison qu'habita Louis XIV ; elle est baignée par la Nivelle, petit fleuve qui sépare Saint-Jean-de-Luz du bourg de Liboure. Cette maison est encore décorée de quelques statuts sans caractères. Plus loin est la maison où logea l'infante ; elle est toute revêtue de briques rouges comme le château de Saint-Germain. Au dessus de la porte, sur une plaque de marbre noir, est gravé ce distique :

> L'infante je reçus l'an mil huit cent soixante,
> On m'appelle depuis le château de l'infante.

Nous visitâmes ensuite le môle formidable qui emprisonne la mer ; nous parvînmes au-dessus par un escalier droit comme une échelle, et de là nous dominâmes l'immensité des vagues ; pas un navire, pas une grande barque n'était à l'ancre dans le port de Saint-Jean-de-Luz. Qu'étaient devenus les hardis pêcheurs de baleines d'autrefois et les aventureux capitaines basques qui les premiers abordèrent l'Islande, le Spitzberg et les bancs de Terre-Neuve ? Où donc retrouver ces redoutables corsaires qui durant nos guerres contre l'Espagne couraient sus aux galions des Indes et venaient enrichir de leurs pillages leurs familles et leur pays ! La prospérité des villes meurt, renaît ou plutôt se transforme. Rien ne périt dans une nation civilisée et prospère.

Nous avions trouvé le port de Saint-Jean-de-Luz désert, et à l'heure où nous écrivons ces lignes des milliers d'ouvriers travaillent à ce même port et vont en faire un port militaire. Un jour nos escadres de guerre peupleront cette mer solitaire, et Saint-Jean-de-Luz dominera les côtes de l'Espagne, comme Cherbourg domine les côtes de l'Angleterre. On aime à voir se constituer de la sorte la grandeur matérielle de la France. Mais Dieu nous garde que ce soit au détriment de sa grandeur intellectuelle !

Un pont de pierre, jeté sur la Nivelle, sépare Saint-Jean-de-Luz du village de Liboure, dont la population se compose de pêcheurs et de bohémiens. Ces Égyptiens ou gitanos conservent leurs mœurs à part ; vêtus de haillons pittoresques, ils gardent sur leurs visages des signes indélébiles de race : teint cuivré, dents blanches, cheveux crépus, lèvres épaisses et des yeux noirs brillants comme des escarboucles.

Les gitanos se répandent dans les campagnes, jettent des sorts à qui les repoussent, tirent des cartes, disent la bonne aventure et font de prétendus sortilèges. Les femmes tressent des paniers, des espadrilles et des nattes de jonc ; les hommes tondent les mulets et les chiens. À une époque fixe de l'année, ils partent par bandes et s'abattent dans tout le Midi de la France. Je me souviens, quand j'étais enfant, d'en avoir vu avec terreur traverser l'avenue du château de Servanne, propriété de ma mère : je les ai trouvés aussi campant près des monuments romains qui s'élèvent sur l'esplanade de Saint-Remy, et un jour j'ai rencontré une de leurs bandes voyageuses sous les arches du pont du Gard.

Au-dessus de la baie de Saint-Jean-de-Luz est le petit port de Socoa, où s'abritent les barques des pêcheurs. Ce village est bâti dans les rochers ; un vieux fort flanqué d'une grosse tour le domine.

Après ces rapides excursions, nous remontâmes en voiture et quittâmes Saint-Jean-de-Luz. La route que nous parcourions était monteuse et sauvage ; bientôt nous traversâmes Urrugne, un village aux maisons rouges et blanches ; au dessus du cadran de son horloge on lit cette inscription :

> Vulnerant omnes, ultima necat
> Toutes les heures frappent, la dernière tue.

Plus loin, au bord de la route, à droite, nous apparut à travers les arbres le vieux château d'Urtubi ; il fut habité par Louis XI, Mazarin et Louis XIV ; aujourd'hui, ses fossés sont comblés et ses créneaux à moitié murés ; il a perdu son aspect de forteresse et sourit dans sa vétusté au milieu des parterres de fleurs qui l'entourent.

Au delà d'Urtubi, nous traversons quelques champs de maïs, quelques prairies, des coteaux et des rochers arides ; mais bientôt nous arrivons au sommet d'un vaste plateau, nommé la Croix des Bouquets, d'où nous découvrons un paysage magnifique ; la mer est à notre droite, des côtés bordées de montagnes lumineuses s'y avancent en pointe. Devant nous la route serpent et descend jusqu'à la Bidassoa. À cette heure de basse marée, les eaux du fleuve sont planes et tranquilles ; ses bords sont riants. Sur la rive droite (la rive française), est te village de Béhobie, dernier poste français ; sur la gauche, un peu plus bas, est Irun, la première petite ville des côtes d'Espagne. Arrivée à Béhobie, notre voiture s'arrête à l'entrée du pont ; un commissaire de police français vient nous demander nos passeports et nous prie de participer à la souscription ouverte pout la construction d'une église. Quoique appartenant au culte grec, la princesse Vogoridès remet au commissaire une large offrande ; elle me dit, en fixant sur moi son beau regard si profond et si vif : « La prière monte toujours à Dieu dans toutes les langues et toutes les religions. »

Nous traversons le port, et arrivés au milieu nous rencontrons un poste de soldats espagnols qui marque le point des deux frontières. Le pont franchi, nous voilà sur la rive espagnole. Nous y trouvons amarrées plusieurs barques que conduisent des bateliers des deux nations ; nous montons dans une de ces barques. Nos rameurs français ont grand peine à là faire approcher du rivage, tant les eaux sont basses ; enfin nous nous asseyons sur le banc d'arrière et nous commençons à descendre le fleuve. Sur la rive espagnole s'élèvent des collines aux plans gradués toutes couvertes de verdure et où se détachent, çà et là, quelques beaux châteaux à tourelles blanches. Du côté de la France, les regards s'étendent moins loin bornés par des tertres plus arides.

À peine embarqués sur la Bidassoa ; nous cherchions du regard la fameuse île des Faisans ; tous les souvenirs historiques et toutes les descriptions des écrivains du temps nous assaillent à la fois ! – C'est d'abord la grande Mademoiselle racontant dans ses Mémoires que, pour entrevue de Louis XIV ; d'Anne d'Autriche et de Philippe IV, on éleva dans cette île un somptueux pavillon auquel aboutissaient deux ponts, l'un partant du rivage français, l'autre du rivage espagnol. Le sol était couvert de splendide tapis, tapis de Perse, tapis de velours ; le pavillon se composait de plusieurs chambres, de cabinets, d'un vestibule, d'une salle de gardes. La salle de l'entrevue était grande et située à l'autre bout de l'île, les serrures étaient d'or ; il y avait deux tables, deux pendules, deux écritoires ; c'est Vélasquez qui décora ce magnifique pavillon. L'humidité du fleuve lui donna les fièvres tierces dont il mourut peu de temps après. Cette parade royale ne valait pas la mort d'un si grand peintre.

> Je m'imagine voir, avec Louis-le-Grand,
> Philippe quatre qui s'avance
> Dans l'île de la Conférence,

a dit La Fontaine.

Puis c'est Bossuet qui apostrophe l'île fameuse dans l'oraison funèbre de cette même Marie-Thérèse que Louis XIV était venu recevoir là des mains de son père, « Île pacifique, s'écrie Bossuet, où doivent se terminer les différends de deux grands empires à qui tu sers de limites ; île éternellement mémorable par les conférences de deux grands ministres où l'on vit développer toutes les adresses et tous les secrets d'une politique si différente, où l'un se donnait du poids par sa lenteur et l'autre prenait l'ascendant par sa pénétration ; auguste journée où deux fières nations, longtemps ennemies et alors réconciliées par Marie-Thérèse, s'avancent sur leurs confins, leurs rois à leur tête, non plus pour se combattre, mais pour s'embrasser ; où deux rois, avec leur cour, d'une grandeur, d'une politesse et d'une magnificence aussi bien que d'une conduite si différentes, eurent l'un à l'autre et à tout l'univers un si grand spectacle ; fêtes sacrées, mariage fortuné, voile nuptial, bénédiction, sacrifice, puis-je mêler aujourd'hui vos cérémonies et vos pompes avec ces pompes funèbres et le comble des grandeurs avec leurs ruines ! »

O néant des îles voisines des embouchures d'un fleuve ! pourrions-nous nous écrier à notre tour ; le flux de la mer les étreint et leur jette un jour un linceul de vase en leur disant : il faut mourir ! Où donc est maintenant l'île célèbre ? Serait-ce, oh ! misère ! cette langue de terre à ras des flots que touche en passant notre barque ? Quelques herbes roussies poussent à peine sur ce sol sablonneux, et l'on n'y trouverait pas un arbuste où pût nicher un de ces oiseaux à plumage doré qui donnèrent leur nom à l'île ; elle s'est affaissée, la pauvre île, non dans les eaux profondes, mais dans le lit du fleuve qui monte chaque jour plus haut.

Notre barque descend toujours vers l'embouchure de la Bidassoa ; nous contemplons avec ravissement la beauté des deux rives qui déroulent sous nos yeux des paysages plus étendus.

Nous laissons à gauche Irun où nous ne devons débarquer qu'au retour, et tandis que nous naviguons sur les flots calmes du fleuve élargi, nous faisons une collation de fruits et de délicieuses confitures valaques ; nous voulons boire de l'eau de la Bidassoa dans un joli coco sculpté et cerclé d'or que la princesse à apporté de Constantinople ; les bateliers nous disent que cette eau est détestable, et rapidement ils font dévier la barque du côté de la rive droite vers une petite source française qui jaillit dans le fleuve ; ils y remplissent une gourde et tour a tour nous buvons l'eau fraîche et limpide dans le coco. À chaque libation, le fils de la princesse plonge cette coupe de voyage dans la Bidassoa, dont le courant est en ce moment fort rapide. Tout à coup, un flot enlève le coco de la main de l'enfant ; nous le voyons un instant surnager, et les bateliers font force de rames pour l'atteindre ; mais le flot le remplit, il tourbillonne ; plonge et disparaît : comme l'île des Faisans ; il s'est englouti dans la vase.

Nous oublions ce naufrage pout contempler l'admirable tableau qui tout à coup s'offre devant nous : la Bidassoa fait un coude et s'élargit vers son embouchure dans la direction du cap Figuier ; à notre droite, c'est Hendaye la vieille forteresse française qui domine un pauvre village sortant de ses ruines ; à gauche, c'est la ville espagnole de Fontarabie, étalant sur une hauteur ses remparts démantelés couverts de lierre et de plantes fleuris ; des collines et des montagnes étagées, toutes dorées en ce moment par le soleil, forment un fond éclatant à cette ville détruite ; cet horizon lumineux est une magnifique entrée dans la chaude Espagne.

Un jour du printemps de 1793, Fontarabie se mit à vomir des obus et des boulets sur Hendaye, sa voisine de l'autre rive ; une forteresse protégeait en vain le village français, en vain une redoute s'élevait à côté sur un tertre appelé la montagne de Louis XIV, les Espagnols conduits par don Ventura Caro enlevèrent et détruisirent toutes les batterie. Mais un an après, Fontarabie subit de cruelles représailles. La ville espagnole était défendue par huit cents hommes et cinquante bouches à feu ; le capitaine Lamarque et le représentant Garreau passèrent la Bidassos à la tête seulement de trois cents Français, ils s'avancèrent héroïquement sous une décharge formidable de mitraille ; ils répondirent par une canonnade terrible qui troua les remparts et s'emparèrent d'une position d'où ils dominèrent bientôt la ville. Deux capucins espagnols présidaient à sa défense ; le capitaine Lamarque les fit sommer de se rendre sous peine d'être immédiatement passés au fil de l'épée, eux et la garnison ; il leur accordait un délai de dix minutes pour prendre une décision. Les capucins, qui tenaient à la vie, livrèrent Fontarabie.

Tandis que le souvenir glorieux de ce fait d'armes me revenait en mémoire, notre barque touchait à la plage où se baignent, les assises de la ville en ruine ; nous abordâmes sur un sol fangeux sillonné de décombres et de grosses poutres pourries ; deux ou trois vieilles barques étaient là gisantes. Toute l'incurie espagnole se révélait. Nous arrivâmes avec peine jusqu'à la terre ferme, et suivîmes la route pavée menant à Fontarabie. La ville est entourée d'un boulevard extérieur planté de beaux arbres qui précède les fossés et les remparts mutilés cachant à peine leurs blessures sous la verdure et les fleurs ; c'est d'un très-bel aspect solennel et désolé.

Nous franchîmes une porte en arceau, profonde et sombre, aux bastions brisés ; elle débouchait sur une rue très-étroite et tortueuse, où nous respirâmes une bienfaisante fraîcheur ; les maisons de cette rue ont été restaurées ; notre approche attira aux fenêtres tous les habitants, tandis que, sur les portes du rez-de-chaussée, se montraient les boutiquiers et qu'une foule de petits mendiants en haillons des deux sexes nous formaient une escorte compacte en grattant leurs têtes blondes et brunes. Quelques marchandes vendant d'excellentes figues, de délectables pêches, de petits poissons secs aux exhalaisons fétides, vinrent grossir le cortège : je pénétrai dans plusieurs boutiques, malgré les odeurs repoussantes qui s'en exhalaient ; je ne trouvai à acheter que quelques éventails en papier blanc avec de bizarres enluminures ; pas un peigne d'écaillé, pas une étoffe curieuse.

Vers le milieu de la rue, j'aperçus à droite sur un balcon à colonnettes de bois recouvert d'une tente de coutil rouge et blanc, une assez belle Espagnole qui nous regardait avec ses grands yeux noirs étonnés ; ses cheveux, séparés en deux, retombaient en longues tresses sur son dos. Nous continuâmes à monter la rue sombre et fraîche et vîmes à gauche la grande maison aux fenêtres sans vitres et aux murs échancrés par les bombes qu'habitaient les anciens gouverneurs de Fontarabie. Un écusson héraldique couronnait encore la porte basse et cintrée ; tournant à droite, nous nous trouvâmes en face de la cathédrale ; elle a été préservée durant l'attaque de Fontarabie ou restaurée après. Nous franchîmes un portail gothique bien conservé, et nous fûmes comme éblouies dans l'intérieur de la nef par cette profusion d'ornementations et de dorures qui caractérisent les églises espagnoles et italiennes. Partout des christs, des vierges, des saints et des saintes en relief couronnant les autels des chapelles latérales, et dans les interstices les stations d'un chemin de la croix figurées par des statuettes en bois doré.

Au milieu du chœur, enfermé dans une grille en fer doré, s'élevait le maître-autel au tabernacle resplendissant ; les doubles rangs des cierges s'alignaient dans les chandeliers massifs ; l'or, ou plutôt le cuivre doré, miroitait partout, et la lumière ardente du soleil, en filtrant à travers les vitraux, faisait jaillir de cette profusion de dorures une irradiation qui remplissait l'église. À la droite du chœur, trônaient trois magnifiques fauteuils aux dossiers très-hauts en ébène sculpté, d'un grand style ; les sièges étaient recouverts de velours rouge. Cette église était tellement glaciale que nous dûmes en sortir au plus vite pour nous ranimer au soleil. À gauche de l'église est une haute tour en ruine. Nous descendîmes de ce côté vers les parties des remparts découronnés qui dominent encore la Bidassoa.

Nous suivîmes jusqu'à son embouchure le fleuve tranquille. À gauche, nous avions quelques pauvres chantiers de barques en construction ; à droite, un beau champ de maïs mûr dont on faisait la récolte ; en face de nous la mer immense s'arrondissant dans le petit golfe de Biarritz dont nous apercevions le phare. Cependant le soleil s'inclinait derrière les toitures percées de Fontarabie ; il était temps de songer au départ. En repassant le long du champ de maïs, nous vîmes une vieille femme qui formait des tas de ces grappes blondes, serrées et dures dont un paysan décapitait les hauts roseaux verts ; cette femme semblait toucher à l'extrême vieillesse ; son corps était encore droit, mais des rides innombrables sillonnaient son front, son coi et ses mains ; ses yeux noirs brillaient expressifs, mais une seul dent restait dans sa bouche qui souriait en ce moment en nous jetant un salut.

Nous nous arrêtâmes à la considérer, et à son tour elle nous examina avec curiosité : notre toilette, surtout celle de la princesse, parut la frapper beaucoup ; elle, la pauvre femme, portait une jupe en haillons descendant sur ses jambes nues ; sa poitrine et ses bras étaient couvert d'une grosse chemise de toile assez blanche, sur laquelle se croisait un fichu en cotonnade à carreaux jaunes et marrons ; un fichu semblable noué sur le côté de la tête emprisonnait ses cheveux grisonnants. La princesse désira savoir l'âge de là vieille paysanne et je parvins à me faire comprendre d'elle, comme je m'étais fait entendre des marchands de fruits, au moyen d'un mélange de patois languedocien et d'italien ; elle se redressa à ma question ; et avec un regard qui dardait des flammes, elle répondit : Quarante ans. Nous nous écriâmes tous : « impossible ! » Mais d'autres femmes qui passaient nous affirmèrent qu'elle disait vrai. Cette décrépitude anticipée est très-commune parmi les paysans du Midi ; ils restent forts et robustes ; la structure résiste, mais la forme extérieure perd toute jeunesse et toute fraîcheur. En comparant une belle Parisienne de quarante ans à cette pauvre créature dévastée, on pourrait douter si elles appartiennent toutes deux à la même espèce !

Nous retrouvâmes dans l'étroite rue que j'ai décrite la troupe de petits mendiants obstinés qui, alléchée par les sous que nous lui jetions, nous escorta jusqu'à notre barque ; nous remontâmes la Bidassoa avant l'heure de la marée ; l'eau était si basse que nos bateliers en touchaient le fond avec leurs rames. Bientôt ils durent descendre et marcher dans le fleuve pour remorquer la barque. Tandis que nous naviguions lentement de la sorte, Fontarabie se groupait admirablement sur le rivage ; ses beaux remparts brisés et verdoyants, son église, sa tour en ruine, ses portes béantes, ses grands fossés pleins de ronces, se détachaient sur le fond lumineux du ciel ; je regardais avec un recueillement attendri la pauvre ville en ruine. On donne toujours un adieu mélancolique aux lieux comme aux êtres qu'on n'espère plus revoir.

Nous ne fîmes qu'une très-courte halte à Irun, petite ville espagnole sans caractère. Nos deux bateliers, aux vêtements ruisselants d'eau, me faisaient pitié. Je me disais qu'ils pourraient bien gagner la même fièvre qui tua Vélasquez. Arrivés à Béhobie nous remontâmes en voiture. Les chevaux gravirent avec ardeur la route tortueuse qui conduit au plateau de la Croix-des-Bouquets ; là nous fîmes une courte halte pour considérer une dernière fois le magnifique panorama du rivage espagnol : le soleil qui se couchait dans la mer, derrière les gradins onduleux des montagnes, que domine la cime de la Haya, semblait noyer leurs crêtes dans des lueurs d'or, tandis que leur versant, moins éclairé, étalait des masses blanches sur le sombre rouge de l'horizon, et que leur base, déjà envahie par l'obscurité, paraissait noire. C'était d'un effet inouï, qu'un peintre aurait voulu saisir et que j'ai essayé de fixer dans mon souvenir.

La voiture continua à rouler à travers la même route suivie en venant, et que la nuit couvrit bientôt de son voile constellé.

Le lendemain, après avoir embrassé la princesse Vogoridès, je quittai Biarritz et partis pour Bordeaux. La chaleur était extrême, cette longue route en chemin de fer et mon excursion de la veille aux frontières d'Espagne avaient envenimé ma blessure. Arrivée à Bordeaux, je dus m'y reposer quelques jours.

Je visitai cette cité monumentale : ses quais merveilleux longeant la forêt de mâts des navires que la Garonne porte à la mer ; son pont monumental, un des plus grands du monde ; sa belle promenade ; les quinconces où les statues de Montesquieu et de Montaigne se regardent ; son Jardin des Plantes entouré d'une grille fleurdelisée ; son musée, sa bibliothèque où je fus reçue avec empressement par le conservateur qui me montra sur un rayon la grande édition de mes poésies. Je contemplai et touchai avec respect un exemplaire des Essais de Montaigne, couvert de notes et de corrections écrites de la main du profond philosophe ; je regardai longtemps, attentive et émue, cette écriture illustre ; j'aurais voulu l'effleurer de mes lèvres. Je fus aussi très-vivement frappée par ce grand débris d'un monument romain nommé le Palais Galien ; avec le fond du ciel azuré qui s'engouffre dans ses arceaux et les arbres échevelés qui les enlacent çà et là, cette ruine est d'un effet merveilleux.

Je visitai tour à tour les nombreuses églises gothiques des vieux quartiers ; elles faisaient passer sous mes yeux toutes les variétés grandioses et charmantes de l'art chrétien au moyen-âge. La tour Saint-Michel me captiva doublement par ses miracles d'architecture et par son caveau funéraire. Cette tour, élevée au xve siècle, a toujours été un des monuments les plus chers au peuple bordelais. Des troubles ayant éclaté à Bordeaux en 1675 à l'occasion des nombreux impôts dont la ville fut grevée, Louis XIV, pour punir les rebelles qui affichaient leurs placards séditieux contre les murs de la tour et sonnaient le tocsin à ses cloches, ordonna que ce monument serait démoli. « Mais, dit la chronique bordelaise, cette pyramide qui est un des plus beaux ouvrages de l'Europe et qui fait l'admiration des étrangers qui abordent par terre et par mer dans cette ville, fut conservée par une providence particulière, en ce que, ayant été faits plusieurs proclamats en l'Hôtel-de-Ville pour la démolition de ce monument, il ne présenta personne qui voulût l'entreprendre. »

La tour Saint-Michel était primitivement surmontée d'une flèche de cinquante mètres de haut que la foudre à détruite. Le caveau en ogives de la tour est éclairé par une lampe qui descend au centre de la voûte et projette des lueurs pâles sur les squelettes d'hommes, de femmes et d'enfants rangés debout autour du mur. Aux pieds de ces squelettes, dont quelques-uns sont encore recouverts de débris de peau, ou plutôt de parchemin noir, est une couche d'ossements brisés et de têtes de morts gisant pêle-mêle. Rien de lamentable comme l'exposition brutale de ces restes du corps humain. Plus que jamais ce spectacle navrant et honteux, cette lente profanation de ce qui fut l'enveloppe de l'âme, me fit souhaiter qu'on en revînt à brûler les morts. Le corps doit disparaître de la terre dès que l'esprit qui l'avait animé s'est enfui.

À l'issue de cette visite à la tour Saint-Michel j'écrivis les vers suivants :

> La tour touchait les cieux, et dans le caveau sombre,
> Les squelettes blanchis, debout étaient rangés.
> À leurs pieds s'entassaient les ossements sans nombre
> Que les vers des tombeaux lentement ont rongés.
>
> Je regardais ces yeux béants, ces côtes vides,
> Les vertèbres à jour, les fémurs disloqués,
> J'allais interrogeant tous ces spectres livides...
> Mais les morts sont par nous vainement évoqués.
>
> Pas un ne me disait le secret de son âme ;
> Il n'était resté d'eux que la hideur du corps ;
> Dans ces os où chercher la grâce de la femme ?
> De l'homme où retrouver les muscles fiers et forts ?
>
> Renversés et pliés comme des branches sèches
> Sous le genou du Temps, robuste bûcheron,
> Que sont-ils devenus ? où sont les lèvres fraîches ?

Où donc l'éclat des yeux et la splendeur du front ?

Où donc la chevelure où s'abritait la tête ?
Ainsi qu'on voit dans l'herbe une éclatante fleur ;
Où le sein palpitant quand l'âme était en fête ?
Où les bras caressants tendus vers le bonheur !

Rien, plus rien, désormais que le hideux sourire
Se raillant froidement des heureux et des beaux ;
Rien que l'orbite creuse et fixe semblant dire :
Vous descendrez aussi dans l'horreur des tombeaux !

Fuyons cet ossuaire où se glace la flamme
Qui brûle dans nos cœurs et jaillit dans nos yeux !
Oublions le corps vil et ne songeons qu'à l'âme,
Céleste papillon qui palpite en tous lieux.

Elle est dans le soleil qui brille sur la rive,
Dans le flot murmurant, dans le bleu de l'éther,
Dans la campagne en fleurs et, quand le soir arrive,
Dans les feux du couchant et les parfums de l'air.

Elle est dans le regard et le charme invincible
Qui, nous frappant soudain, nous liera sans retour :
La terre dissoudra le squelette insensible ;
Mais l'âme est immortelle et renaît par l'amour.

Le soir, nous allons au Grand-Théâtre, un des plus vastes de l'Europe ; la salle, pourpre, or et blanc, est d'un effet merveilleux, les loges sortent des parois comme des corbeilles à treillis d'or, les femmes parées y remplacent les fleurs. Au dehors, le théâtre est entouré de vastes galeries s'ouvrant sur les plus beaux quartiers de la ville ; par les sereines nuits d'été et d'automne, c'est un enchantement que de se promener sous ces galeries quand le spectacle est fini ; dans les cafés et dans les magasins illuminés afflue une foule élégante ; une brise tiède soufflé de la Garonne ; le ciel n'a pas un nuage, les étoiles y paraissent plus grosses qu'à travers les brumes du Nord. Quelques chants de sérénades, ou de musiciens espagnols, groupés sur les places, traversent les airs ; tout est quiétude et harmonie ; on prolonge à plaisir la poétique veillée, on savoure un repos pénétrant plus délectable et aussi solitaire que le sommeil.

Mais il fallut m'arracher au charme de ces belles nuits du Midi qui me rappelaient les jours déjà si loin de l'adolescence. La veille de mon départ, comme pour rendre mes regrets plus vifs, on me mena dîner à la campagne aux portes de Bordeaux : je vois encore la blanche maison, les quinconces et les sombres allées de marronniers que le soleil couchant transperçait de pointes de lumière ; le grand bassin de marbre ovale entouré de caisses d'orangers ; les immenses parterres où se pressaient les fleurs les plus rares, parmi lesquelles on cueilli pour moi d'énormes jasmins d'Espagne, des brins de verveine en fleurs et des touffes d'héliotrope. Le lendemain, je respirais dans le wagon ce magnifique bouquet, dernier parfum de la ville évanouie ; mais sa chaude température qui dilatait ma poitrine affaiblie, mais son ciel si lumineux, même la nuit, et où j'avais vu la veille la comète resplendissante qui semblait jaillir de la cime d'un maronnier centenaire, tout avait fui ! La vapeur véloce franchissait l'espace et me précipitait vers le nord, vers le froid, vers la nuit, vers la mort !

Dès Angoulême le soleil s'était voilé ; à Orléans, la pluie tombait fine et serrée ; à Paris ce furent les rues boueuses et le ciel noir qui semblèrent me ressaisir corps et âme et m'envelopper comme d'un suaire.

Quel fils du soleil n'est rentré avec un serrement de cœur dans cette ville de brume et d'indifférence, où Vauvenargues, l'enfant du Midi, mourut dans une mansarde glacée, sans qu'un gentilhomme de son monde ou de sa famille se doutât de sa fière misère et de son génie !